U0000514
困在惡魔α的香氣裡
下
Author 子陽
Illust. Gene

Contents

Fall into the Devil α's Fragrance

第一章

「哈啊……哈啊……」

看不到盡頭的學校走廊，天花板、地板彷彿在交疊旋轉。白流星快步走著，覺得兩旁的牆壁好像也在移動，要把他夾扁了，讓他連呼吸都感到無比艱難。他用力吸一口氣，想吸進新鮮空氣。

喉嚨和指尖都有一股詭異的刺痛，他全身都在冒汗，腦子已經不能思考了。走廊上除了他以外一個人都沒有，他的心臟跳得很快，可以感覺到躁熱從下腹興起，血液都往那邊流動而去，彷彿要把雙腿之間的器官變得紅腫、難耐。

——有沒有人……來救救我……

他下意識想要尋找求助的管道，但腦袋裡卻有另一個聲音告訴他，不會有人的。

他不想要有人多管閒事，大多數人給予他的，都是惡意的嘲弄與冷漠，偶爾會有一、兩道善意的援手伸出，但最後都變成另有所圖。

白流星告訴自己不能停下，不要在這時候停下腳步，也不可以表現出異樣，因為學校走廊是公共場合，一定會有很多人、很多雙眼睛在看……

他腳步不穩地往前走，沒有見到任何人，但就是覺得有股視線，好若芒刺在背。身體越來越熱，他能感覺到股間的溼潤。如果這時候能有個人來扶著自己，能夠成為自己的支助，那他就不用那麼辛苦了……

可是都沒有人，走廊上一個人都沒有。

既然都沒有人，自己怎麼還會害怕那無孔不入般的視線呢？

總之，先找個地方躲起來！

白流星打定主意，忽然注意到旁邊的男廁，他正要推門進入的時候，被一陣敲門聲吵醒了……

✻

白流星猛地睜開眼睛，發現自己正躺在床上。

棉被蓋得好好的，枕頭睡得有點凹了，從側躺的方向看過去，眼前是窗簾合攏的落地窗。窗簾的縫隙間有陽光照進，不知道現在幾點了，白流星往棉被裡縮了縮。

雖然看不到窗外有什麼，但他想起自己住的這個地方，是都市蛋黃區的社區大樓，無數人為了窗簾後面的景色耗資千萬。

「流星？」安穆程輕手輕腳地走進來，「你還在睡嗎？抱歉，吵醒你了。我要出去一下，早餐準備好了，都放在桌上。」

安穆程拉開衣櫃，找了一件外套穿上。他從更衣間走出來的時候，看到白流星縮在被窩裡，像一隻小貓。他已經很久沒有看到白流星睡得這麼安穩了，在醫院的那段時間當然不算，病床哪有自己的床舒服呢？

他的臉上泛起微笑，但馬上又覺得自己這樣笑很不合適，畢竟兩人還處於一個尷尬又緊張的狀態，笑容很快就從安穆程臉上消失。他臨走前又看了白流星一眼，並在離開的時候輕輕帶上房門。

白流星在安穆程走後才張開眼睛。

裝睡讓他有一點罪惡感，但這種小情緒很快過去了，取而代之的是對安穆程的好奇。他從一些小動作就可以感受到那個男人的體貼。就拿關門這件事來說，他沒有聽到大門「砰」地一聲關上，可能是安穆程不想吵到他，也可能是他還沒出門，這讓他想離開溫暖的被窩，出去一探究竟。

白流星想到就馬上行動，沒有一絲拖延。他翻身下床，拿起放在窗邊椅子上的披肩，披到身上——忽然，他停下動作。

怎麼回事？好像身體有記憶一樣？

啊……他想起來了，這是他以往起床後的第一個動作。因為離開被窩的溫差容易讓他打噴嚏，所以這條披肩長年都放在離床最近的椅子上。

他抓著垂落在自己手臂兩側的絨布，想起有個人也會為他披上同一條披肩，那個人就是安穆程。安穆程會在他工作到很晚的時候，拿著披肩到書房替他披上，並從背後擁抱他。他不會為一個擁抱而心動，更多時候反而覺得是一種打擾，但他也沒有把安穆程趕出去，因為他確實需要個有個東西來溫暖肩膀，才不容易著涼。

『你還要忙很久嗎？』有時候安穆程會問，不過有時候也會一句話都不說，自己默默離開。如果安穆程開口的話，白流星就會說：『你先去睡。』

那安穆程也只能回答：『好。』

不知道從什麼時候開始，他們的互動出現了一種固定模式。

白流星用披肩把自己裹住，走出房間。客廳裡已經沒有人了，但餐桌上確實留下了一份餐點，還有一壺茶。

白流星替自己倒了一杯，坐下來，品嘗著溫厚的茶香。茶裡有淡淡的甜味，甜度已經調好了，不需要自己放糖。他驀地想起夢裡梅菲斯為他泡的那壺茶，味道和這個很像。

用煮的茶比較費工，但是味道比較濃厚。火力可以徹底逼出茶香，加上安穆程買的茶葉都很昂貴，品質當然也比較好。有時安穆程還會加入牛奶，煮成鮮奶茶。喝慣了安穆程煮的茶，便會覺得茶水間裡的免費茶包都索然無味了。

通常一壺茶就只喝一天，不管有沒有喝完，隔天安穆程都會煮新的。

白流星無法想像，一個人要怎麼在短時間內做那麼多家事？如果叫他來做，他肯定做不來，但安穆程就是可以把做早餐的時間控制得剛剛好，讓他一醒來就能吃到熱騰騰的餐點，還有喝到那一杯茶。

如今餐點已經涼了，畢竟自己睡到接近中午，還好茶水放在有保溫功能的茶壺裡，倒出來還是熱的。熱茶溫暖了白流星的身體，卻沒有讓他的心跟著暖起來。他還在休病假中，不用趕著去上班，這並沒有讓他心情輕鬆多少，身處於尚且陌生的環境，就算不時有過去的回憶流入腦海，還是沒辦法令他真正地安下心。

既然不用去上班，照理說，安穆程也不用那麼早起來替他做早餐才對。

白流星忽然想起，安穆程昨天晚上才跟他說肚子餓的話自己叫外送，今天就幫他把吃的都準備好了，還真是刀子口豆腐心。

不，或許是安穆程也習慣了吧？習慣每天會有這樣的互動模式，生理時鐘也習慣在固定的時間起床。安穆程總是比他早起，也比他早睡。

說到習慣，白流星就覺得心裡有點悶悶的，因為這個屋子裡有太多屬於兩人的習慣了。包括披肩擺放的位置、廚房廚具的位置。他知道刀叉碗筷放在哪裡，知道洗完手該用哪裡的布擦乾，身體正在重新適應這個空間，正如一回到家就知道要打開哪盞燈，把眼睛閉起來也可以在腦海裡描繪路線。

白流星吃完了早餐——就時間上來看，也是早午餐了。他拿著第二杯紅茶，在屋子裡探險。他打開一扇門，房內的擺設映入眼簾，他立刻想起這是自己的書房。

書房的辦公桌是木頭的材質，整間也以木色的質感做裝潢，這都是安穆程和設計師討論的結果，因為他不想插手這些麻煩事。

白流星走進房內，辦公桌上堆滿文件，從中探出一臺桌上型電腦。辦公桌的左邊是書櫃，上面都是他的法學用書。右邊的牆上則做了一整面的裝飾櫃，下方有收納空間，而裝飾櫃上擺放著一尊尊精美的袖珍藝術品。

水晶城堡、黑色山稜，上面有活靈活現的小矮人、兔子和貓頭鷹。

「原來，是你啊……」白流星想起來了，那都是安穆程的作品。

就跟煮茶、煮飯一樣，安穆程很喜歡做那些費工的事，這在以前的白流星看來簡直令他匪夷所思。他每天忙到文件都看不完了，安穆程根本是「時間太多」。

現在，他知道自己這樣評斷人家，難免有偏頗之處。因為這叫他來做，他肯定也做不出來，但安穆程就是有辦法從構思到買材料、製作都一手包辦。他會花好幾個月，甚至是一整年的時間，每天做一點、做一點，最後再拼起完整的作品。而且他的作品都很好看，是可以拿出去舉辦展覽的等級了。

「果然，搞藝術就是要有錢又有閒。」

安穆程沒有在家族企業任職，平常就是煮飯、做家事……其實，白流星也不知道安穆程白天在做什麼。兩人都有各自的車，彼此都不會檢查對方的行車記錄，或是問一聲「你今天做了什麼」，因為他平常都以沒空為藉口……

白流星搖搖頭，不願再想下去。他打開擺飾櫃下方的收納櫃，裡面都是這個家的重要文件，像是對帳單、保險合約等等。

對帳單就先不看了，他根本不記得自己都買了什麼。有一些是水電費和大樓的管理費，這些基本上都是存底用的，費用都已經繳過了，如果沒什麼事的話，幾乎是一輩子都不會再拿出來看。

至於保險……

「我的天啊……」白流星看到其中一份合約，裡面有自己和安穆程的簽名，「一二三四五六七……我有買過這麼貴的保險？」

保險合約內容很長，白流星沒辦法在短時間內看完。但光看標題，大概有壽險、醫療險、意外險等等，品項很多，有一些是投資型的保單，什麼保本收益之類的，金額都很高。

「等一下……」白流星看到受益人那欄，心跳瞬間加快了不少。
被保人是白流星，受益人都是安穆程。
「這……」
他不想往最壞的方向想，於是翻出更多的資料夾，可是越看，越讓他感到震驚。
他深吸了一口氣，忍住想哭的感覺。
每一種保險合約都有兩份，他的這份受益人寫著安穆程，安穆程那份受益人寫的就是他——白流星。
配偶之間，保險受益人寫著對方的名字是很常見的情況，因為擔心自己走後，另一半沒人照顧。白流星想起自己的確簽過很多份保單，但他都沒仔細看過裡面的內容，安穆程叫理財專員去找他，在合約書上圈起來的地方簽名，他就簽了。
因為是自己的老公，是一起度過無數晝夜，同居四年、結婚兩年的男人，所以他相信安穆程不會害他，就像梅菲斯在為他治療的時候，他從不懷疑梅菲斯給他喝的會是毒藥。
白流星為自己的懷疑感到些許愧疚，因為有那麼一瞬間，不安的預感確實在他心底萌芽，他害怕那股預感會成長為大樹。
兩人的存摺和印章也放在這裡，每一本存摺上都貼著一張小紙條，寫著帳號和密碼，白流星看著不禁苦笑，他想起安穆程當初這麼做的時候，他還問他——

『這樣如果不小心被壞人偷走，他不就有你的密碼了嗎？居然還寫在上面，是嫌資安漏洞不夠大？』

安穆程不怒反笑：『我有這麼多個戶頭、這麼多組帳號密碼，你當我每一個都記得起來嗎？』

『所以為什麼要辦這麼多個？』

『不同的戶頭有不同的用處，像這個是繳費用的、這個是用來投資的，這個我是覺得他們的優惠不錯……放心，我們家不會遭小偷的，不然當管理費都是白繳的嗎？』安穆程笑著動筆，他沒有去詢問白流星的密碼，只把自己的寫下來了。

『唉，我真的不懂這些……』白流星自認不懂得理財，他也樂於承認。

當時，兩人的關係還沒有這麼緊張，還可以好好地對話。

『沒關係，我懂就好了。』安穆程挑了挑眉，看白流星的眼神裡滿是寵溺。

他這麼做的隱含用意也是，這些錢白流星隨時可以動用。他非常清楚金錢帶來的安全感，尤其對一個無依無靠的Ω來說，嫁給α不是終點，婚後可以動用哪些資源才是關鍵。他相信這些事白流星都懂的。

『那就交給你了。』白流星也拿筆寫下了自己的密碼。

時間回到現在，白流星在一個資料夾裡，找到了安穆程說的去除咬痕切結書和信用卡帳單，切結書上面有他的簽名。

他頹喪地坐在地板上。安穆程說的是真的，但這並沒有讓他感到開心。

倒不是他對安穆程仍心存疑慮，或覺得這個男人不懷好意，而是當他徹底回到「白流星」的身分，就代表著自己將與「異世界」切斷聯繫。

在這個世界裡，他必須做出好多決定，並由自己獨自去承擔那些後果。這裡沒有梅菲斯能為他隻手遮天了。

「啊，應該在這……」

白流星翻箱倒櫃地找了好一陣子，終於找到一本相冊，是兩人的結婚照。

他從回到家後就一直在觀察，這個屋子裡沒有公開擺出來的照片，就連結婚照也沒有。東西的擺放方式可以彰顯出物主的使用習慣，但是這個屋子裡的東西都沒有顯現出兩人的情感。除了由安穆程手工做的袖珍模型以外，其他像花瓶那些，都是冷冰冰的現成販售物，是由工廠大量製造的，沒有獨特性或紀念性。好看是好看，但是太冷漠了。

「就像住在樣品屋一樣……」

白流星想不起那些東西是從哪裡買來的，是安穆程買的，還是設計師採購的？他沒辦法肯定。自己的記憶仍有缺失的一塊，究竟是什麼呢……？

疑惑之餘，白流星心底不禁冒出一個大膽想法，這個世界會不會也不是真的？

會不會連去除咬痕切結書、信用卡帳單和保險合約等等，都是偽造的？

就算是偽造的，安穆程這麼做的目的是什麼呢……不，安穆程偽造那些有什麼意義？是他自己不願承認，自己仍對「異世界」有所留戀。

白流星翻開相冊，第一張是在棚內拍的。兩個人都站得直直的，望向鏡頭，不能笑得太過，也不能太嚴肅。這張是拍給長輩看的，要展現出菁英α世家的風範。白流星還記得婚禮那天，這張就擺在禮堂外面，旁邊都是花圈花籃。

白流星沒有親眼見過那個場面，是事後看照片才知道的，因為他都待在準備室內，是安穆程的爸媽負責在外面接待賓客，跟很多人握手寒暄，連媒體記者也來了。

ＭＳ藥廠老闆的兒子娶了一名Ω，大家都想知道那個人是誰。但在知道那個人不重要，也沒什麼來頭之後，大家就把焦點放在ＭＳ藥廠最新的產品、子公司發展和企業公益活動上了，讓安穆程的爸媽、叔伯、姑姑出盡鋒頭。

婚禮基本上是由安穆程籌辦的，他想要辦得極盡奢華，除了他家本來就有財力，和需要做面子給外界看以外，他就是想要花錢在白流星身上。

安穆程的說法總是——

『我想要照顧你。』

『又沒多少。』

『不要拒絕我，流星。』

白流星還記得自己試穿禮服的時候，換了很多套西裝，他已經很累了，但安穆程仍興致盎然。他穿上安穆程想要的款式，拿著安穆程選定的捧花，頭上也別上了髮飾，垂墜的珠子宛如星光。化妝師、髮型師把他當作一塊陶土，對著他揉揉捏捏、吹一吹、畫上顏料、進去烘烤。待完成之後，他簡直在鏡子裡看到了此生最特別的自己。

雖然很累，但是值得。

他忽然可以理解，為什麼很多Ω都想要找個α嫁掉了。因為只有在婚禮這麼特別日子裡，才可以打扮得如此漂亮。

唯一的缺點就是……拍照的時候就要全副武裝了，正式婚禮時卻還要再來一次，白流星想到就覺得累。

✽

「你好像很緊張。」

婚禮當天，白流星穿上安穆程選的禮服西裝，站在準備室的穿衣鏡前，旁邊圍繞著一群婚禮祕書，這邊弄弄、那邊擺擺。他沒有餘力想著疲憊，安穆程卻手持一杯香檳，坐在旁邊的沙發上，好像很悠閒的樣子。

「沒有人在婚禮上會不緊張的。」白流星透過鏡子看著安穆程，想像不到為什麼安穆程可以一副「時間很多」的樣子。

安穆程好似不用花時間打扮、不用記流程。他隨便穿上一套西裝，就顯得英俊瀟灑。隨便遇到一個闖進來的朋友，都可以跟人家寒暄兩句，白流星卻一個人都不認識。

「我倒是很期待。」安穆程放下香檳杯，擺擺手叫婚禮祕書都出去，「你要喝點東西嗎？」

「不用。」免得到時候想上廁所……

「流星，你別想太多，享受燈光打在你身上的樣子就好了。」安穆程走到白流星身後，雙手放在白流星的肩膀上。他對著鏡子裡的愛人微笑，從背後環抱著他。但白流星臉上沒有笑容。

「你不要把我的頭髮弄亂。」白流星把安穆程的頭推向一邊。

「才不會弄亂呢！你噴了那麼多定型液，我都聞不到你的味道了……都是定型液的味道……」安穆程故意裝可憐，可惜他沒有博取到白流星的同情，只好苦笑。「……流星，你就不再考慮一下嗎？」

安穆程的笑容收斂了，他指的是度蜜月的事，白流星也知道。

安穆程想要去國外度上整整一個月的「蜜月」，但白流星拒絕了。白流星才剛當上檢察官，沒辦法剛上任就請假請這麼久。

似乎是為了補償這點，白流星沒有再對婚禮提出質疑。安穆程說婚紗照要在棚外拍，要辦這個宴、那個宴，要見多少個未來的家人，他都照辦了。

白流星承認，他是喜歡自己打扮過後的樣子，但在跑了很多地方，換了很多套衣服後，肉體上的疲勞與工作做不完的心理壓力，逐漸取代了原先的喜悅。他在這段期間已經很努力擠出笑臉了。

「好了，你放開我。」白流星的眼神裡蘊含著不悅。

趁白流星真的發火之前，安穆程乖乖放手，但他瞥見對方的後領有肉色痕跡。

白流星的脖子上戴著防咬圈，搭配西裝的顏色和款式，選用了白色蕾絲的造型，象徵意義大於實用意義。

「你在看什麼？」白流星注意到鏡子裡，安穆程一直盯著他的後頸看。

「沒什麼。」安穆程馬上回以微笑，想讓愛人放心。

白流星看著鏡子裡自己脖子上的防咬圈，他不確定安穆程是不是在看這個，但防咬圈對他來說沒有用處，他都已經被標記了。

「你也覺得在結婚前就被標記，是不檢點的Ω嗎？」

「你不要把我媽的話放在心上。」

安穆程的媽媽在知道準新人已經被標記過了之後，一度表示反對，但標記對方的是自己的兒子，她只能同意這樁婚事。

安穆程帶白流星去見家人時，那個家的人沒有給白流星多熱烈的歡迎。或許有人會說，遇到這樣的家庭，就是要「快逃」，白流星卻從來沒有想過這個問題。他不曾將安穆程以外的人，當作人生中的另一個選項。

為什麼不呢？因為他們相處得好好的，「媽媽」也只是一個外人。他的親生母親在他小時候就去世了，他以自己的例子證明，一個人沒有母親，也可以活得好好的，並朝著目標勇往直前。所以安穆程的媽媽根本不算什麼。

……他都不知道自己原來是這麼冷酷的人。

「你的領子沾到了。」安穆程拿溼紙巾擦拭白流星的後領，「遮瑕膏。」

溼紙巾涼涼的，碰到皮膚，白流星莫名地感到有些煩躁。

他把溼紙巾搶過來扔掉，「別弄了！」

「我不想親得一嘴都是化妝品的味道。」

「又沒人叫你親！」

「你還是很在意，對不對？」安穆程覺得白流星就是在生氣，但白流星卻不願把這件事搬到檯面上來討論，「對不起，我家比較傳統。我媽堅持要有標記儀式，都什麼年代了……」

α和Ω締結標記，那是在發情期或發情狀態下才會做的事，不可能搬到婚禮上公開演出，因此婚禮上的標記儀式就只是擺個動作，α不會真的咬下去。標記儀式也不是只有傳統的家庭才會做。說到底，那就是婚禮節目的一環，有人會用親吻代替，就如交換戒指一般。

這些白流星都知道，安穆程也知道白流星明白。

「我是覺得不用遮的，遮起來多可惜。就讓人家看到，有什麼關係呢？」對一個α來說，咬痕代表著對Ω的占有，沒有遮起來的必要。

「遮不遮都無所謂！」白流星的口氣更加不耐煩了，但他自己是無論如何都不會承認的，「你也知道我不喜歡在脖子上多戴一個東西。」

以前，安穆程叫他戴防咬圈，是因為他一個Ω，毫無防備地走在路上會很危險。現在，安穆程的媽媽叫他戴防咬圈，是因為在婚前就被標記的Ω，代表在婚前就已經與人發生過關係了，很不檢點。他受不了這樣的觀念……受不了被限制在他人的價值觀裡。

「對不起……」安穆程立刻安撫，「對不起，流星，還是我去跟媽說……」

「不用了，他們都在忙。」白流星把手放在防咬圈上，指甲摳著上面的蕾絲，卻沒有取下，「是我叫你標記的，我不後悔，而且那是你媽……」

「……」

「我不會說因為那是你媽，所以我會體諒她、孝順她。你媽跟我是不一樣的人，她不會改變我，我也不會改變她！我戴上防咬圈是為了你！為了你……」

——因為我愛你。

白流星抿了抿唇，最重要的話卻忍著沒說出口。他只是看著鏡子裡，安穆程把他緊緊抱住。

「謝謝。」安穆程喉間滑動，壓抑著內心的感動。即使白流星沒說，但他知道對方想說什麼。「老實說，我很期待這個環節。因為我可以在眾人的見證下，把防咬圈摘下來，在司儀的宣示與眾人的祝福裡，親吻你的後頸……我可以讓所有人知道，從今以後，你只屬於我！換個角度想，這不是很棒嗎？」

「你總是可以想到另一面。」白流星倍感無奈，想氣也氣不起來了。

如果是安穆程所說的情境，那一定會很浪漫吧？

舞臺的燈光打下來，他的眼裡只會有安穆程，安穆程的眼裡也只會有他。

白流星看著鏡子裡的安穆程，光是看著「學長」就會怦然心動的時光，彷彿又回來了。從他們交往到現在，大大小小爭執過很多次，他知道自己的個性並不完美，在他人眼中，甚至不像一個溫順的Ω。
但是，安穆程愛他。他可以從安穆程的眼中，看到對他的愛。
「流星，不要忘記我。」
「我怎麼會忘記你呢？」白流星不懂他的意思，只當是安穆程太多愁善感。他轉過身來，與安穆程面對面，安穆程執起了他的手。
「我的意思是，不要忘記我在你身邊。」安穆程聲音很溫和，語氣裡卻隱藏著不容拒絕的威嚴。「有我在你身邊，我可以傾聽你所有的煩惱。我不是多厲害的人，可能沒辦法做到心想事成，每件事都很完美，但我會盡我所能地替你分憂。我會好好照顧你，所以我想請你不要一直把我推開。」
「……」我有把你推開嗎？白流星本想開口，但終究還是忍住了。
「不要忘記從此之後我們就是家人，我們要相互扶持過生活。不要忘記我的感受。」
「我不會忘記你的。」白流星抬起頭，正視安穆程的臉。
有時候，他不懂安穆程的憂慮出自何方。他明明已經付出很多了，他的時間已經被很多東西填滿，為什麼安穆程還想要他做更多？
「那你呢？」
「我？」安穆程有些困惑。

白流星伸出雙手，手掌交疊，遮住安穆程的眼睛，「你看得見我嗎？」

「你都把我眼睛遮住了，我要怎麼看？」安穆程以為是惡作劇，於是配合著對方的玩心。但隨著時間彷彿停滯下來，白流星的沉默讓他倍感疑惑，眉鋒微微挑起，「流星，你這是在做什麼？」

「你可以在腦海裡描繪出我的臉嗎？」

安穆程笑了一下，似乎不當一回事，「當然可以！」

「你可以在腦海裡，看見我的樣子嗎？」

「……」

「我不相信心，那只是會跳動的肉塊。但我相信人的大腦，它可以儲存很多回憶，超越你我的想像。我相信存在大腦裡的記憶，是不會擅自消失的，只要你不把我『刪除』，我就會永遠存在……」白流星移開雙手，獻上自己的吻。

❀

人的大腦猶如一個深不見底的水缸，水底深處是見不到光的。可是那些沒有浮出水面的記憶，並不代表它就不存在，只是因為無光、沒有被看見而已。白流星如今就在一點一滴地「看見」，看見一點，就想起一點。

這個家裡充滿了回憶，到處都是他與安穆程的點點滴滴。

白流星抱著膝蓋，坐在地板上，照片散落一地。他想起自己曾問過安穆程，照片存成電子檔就好了，為什麼還要印出來占空間？

那時安穆程淡淡地回答：『又沒占多少空間。』

房子光是裝潢就花了好幾百萬，由頂尖設計師訂做的收納空間必不會少。但白流星覺得那些照片都是可以拋棄的，沒了就沒了，因此不會特別去找一個地方，把那些東西收藏起來。

安穆程與他的價值觀不一樣，如今多虧他保留了這些紙本相片，白流星才得以回收一個個失去的記憶。

有一本相冊是婚禮當天的記錄，不是婚紗照那樣擺過姿勢、修過圖的。他看到安穆程摟著一位男性友人，一手拿著酒杯，兩人大概是喝多了，都笑得十分開懷。他自從在醫院醒來後，就沒有看過安穆程笑得那麼開心了。

他也在其中一張照片裡，看到自己單獨坐在主桌邊，一副生人勿近的冷漠。當時的他在想什麼，白流星記不清了，但他看著相片裡的自己，忽然對自己產生了懷疑。

「……那真的是我嗎？」

照片中的男人穿著純白色的禮服西裝，領口別著一小束紫色的花，他戴著銀色的髮飾，像在暗夜裡點燃的翠綠火焰。他的眼裡渾然沒有婚禮應有的喜悅，只是盯著桌上的酒杯或菜餚，好像那東西跟他有仇。

如此難得的畫面，不知道是被哪一位攝影師捕捉到的，讓白流星感到驚訝與不解的是，安穆程居然把這種照片保留下來了。

「為什麼啊……不覺得我看起來很不堪嗎？」白流星的嘴角拉出一個苦澀的笑，同時在心底隱約覺得，自己可能不了解「安穆程」這個人。

他現在當然不了解，畢竟記憶還沒有完全恢復，但他認為過去的自己可能也不怎麼了解安穆程，自己以前卻不曾意識到這個問題。

他拿起一張安穆程的照片，那是安穆程和一群男性友人的合照。安穆程舉著酒杯到處敬酒，他的朋友們也都笑著祝賀他。其中，安穆程摟著一位玉樹臨風的年輕人，對方可能是喝多了，臉頰流露出微醺的緋紅，一雙望向安穆程的桃花眼，略顯輕挑。

白流星乍看之下有些疑惑，但他沒有讓異樣的情緒在心裡停留太久。他的注意力馬上被角落裡的一個男人吸引，覺得那人好像在哪裡見過。

男人穿著酒紅色的西裝，三分頭短髮染成蜜糖般的橘金色，看起來有點叛逆，但又像隻鼓起刺的河豚，藉由浮誇的外表來提防生人。

安穆程的朋友什麼類型的人都有，畢竟是一群菁英α，他們會聚在一起的原因是身分，不是嗜好或興趣。

「他是誰呢……？」

白流星想了很久，還是沒有答案，可能是自己想太多了吧？

不是他不相信自己的記憶，而是記憶也有可能會出錯，他不能排除這個可能性。

當代已經有心理學的研究證實，人的記憶極端脆弱，有時候甚至會因為情緒或壓力而被扭曲，虛構出沒有發生過的事。

反之，人的大腦也會堅信某一件已經發生過的事，認為它沒有發生，像掩耳盜鈴般無視擺在眼前的證據。如果這件事不會帶來心理創傷，那麼人類或許可以藉著遺忘而重新開始，但假如這件事產生的傷害是難以估計的，那麼，傷害將以另一種面貌重生。

第二章

「咦？怎麼是你？穆程呢？」

「……」

白流星聽到大門開鎖的聲音，以為是安穆程回來了，但走到客廳一看，見到的卻是一位五十多歲的婦人。婦人穿著素雅的套裝，臉皮拜醫美所賜，看起來像四十多歲。她提著一個紅色的名牌包，後面跟著一位看起來同時是幫傭和祕書的阿姨。阿姨提著菜籃，像例行公事般，把菜籃裡的東西收到冰箱裡。

——什麼人不想起，偏偏想起了妳……

白流星偷偷翻了個白眼，他見到婦人就馬上想起來了。她是安穆程的媽媽、他的婆婆，而且一點都不可愛。

「你怎麼會在這裡？你不是還在醫院嗎？」安穆程的媽媽馬薇莘，先是用手摀住口鼻，並慌忙戴上口罩。

「我在昨天出院了。」

馬薇莘從包包裡拿出隨身酒精瓶，到處亂噴，噴得白流星很是煩躁。

房子是安穆程的爸媽買的，安穆程的媽媽有鑰匙並不奇怪，但她沒有說一聲就來訪……白流星也不能對此說些什麼，畢竟跟婆婆也算是「一家人」。她事先說一聲是尊重，沒有的話，那就叫突襲，這又不犯法，只是觀感上不太好受。

「好了好了……媽！」白流星必須先做過一番心理建設，才能叫得出那個稱呼。「出院前我就已經做過很多次檢驗了，都是陰性的。」

「你怎麼知道？你很懂病毒嗎？病毒是飄在空氣中的，它會飛來飛去！現在流行率還沒達到最高峰，而且有潛伏期！」

「……」白流星極力忍耐，因為這沒什麼好辯駁的。他可以理解健康的人害怕染疫的心理，在疫情尚未明朗的社會氣氛下，民眾的恐慌縱使不理性，但那都是可預期的。

「你給我回房間去！誰知道你呼出來的空氣會不會有病毒！」

「好……」白流星也不想跟婆婆待在同一個空間裡，他最好躲到房間，婆婆想填滿冰箱，想看看安穆程過得怎麼樣，她自己去看！

「你是不是太常接觸那些中下階層的Ω，才會染疫？」

「……」白流星本來已經轉身了，但婆婆從後面飄來一句，讓他再也忍不下去，「跟Ω有什麼關係？」

「Ω的感染率比較高。不就是Ω比較濫交，才讓病毒到處擴散的嗎？」馬薇莘冷冷地一句，讓白流星怒火中燒。

白流星悄悄握起拳頭，用表情武裝自己，讓他看上去變得很冷漠。

在這種人面前發怒是沒有用的，他們只會覺得你很沒格調。婆婆也不是第一次說這種歧視性的話了，身為女性α的她，天生就不懂菁英α圈子以外的世界。他們看不到這個世界上，還有很多跟自己不一樣的人。

雖然「Ω的感染率比較高」是事實，但那極有可能是Ω的免疫力較差，才比較容易生病。此次全球流行的疫情，已經證實主要藉由飛沫傳染，病徵集中在上呼吸道，因此才有很多人主動戴上口罩。婆婆前一秒才說病毒會飛來飛去，後一秒又在批評Ω，白流星都搞不清楚誰才是不懂病毒的人了。

「媽，妳如果急著找穆程，妳可以打電話給他——」

「你還有臉說？我兒子每天都去醫院照顧你，他都快瘦得不成人形了，我如果不過來幫他補一補，難不成你就會做嗎？」

白流星的本意是讓安穆程趕快回來，婆婆就不用在這裡跟他大小聲，搞得雙方都不愉快。但有時候，人就是會想要發洩一下情緒。

「我不是早就說過了嗎？念法律系，你可以來我們家公司當法務，不然我們出錢讓你開個律師事務所，都比去當檢察官好。你以為當檢察官就很厲害嗎？還不都是公務員！」

大部分人可能會覺得公務員是鐵飯碗，但對某些人來說，公務員就跟僕人差不多。

「你辦的也不是什麼大案子，每天還要接觸那些中下階層的Ω，你還那麼認真問案幹嘛？人家會給你什麼好處嗎？你看，現在好了，染疫了，你就不要傳染給我們家穆程！」

「咳──咳──咳咳！」白流星突然雙手壓著胸口，大聲咳嗽。

馬薇莘一臉驚恐，阿姨也戴上口罩，時不時往這裡瞧。

「咳咳──咳咳咳咳咳咳！」

白流星咳得臉紅脖子粗，咳得好像快要反胃吐出來了。馬薇莘拿起酒精瓶當作防禦武器，但病毒是肉眼看不見的。

「你你你不要亂來！」

「咳呼──咳呼──！」白流星邊咳嗽邊吸氣，但似乎總是差了那麼一口氣，讓他回想起夢裡，那真正喘不過氣的感覺。

他想起一個人的孤寂，夢裡想要找個人依靠，抬起頭來卻沒有看到任何人的失落感。想起自己總是那麼努力，因為沒有人可以成為他的雙腳。

但就是因為自己總是一個人，所以才能數算自己走過了多少路程，那是沒有人可以取代的、沒有人可以抹滅的，他努力的軌跡都是活著的證明。

「流星！」

聽到那一聲叫喚，白流星還來不及抬起頭，自己就被人抱起。

「叫救護車！」安穆程的神情焦急。不知道是太匆忙、還是太累了，他微微喘著氣的胸膛，就貼在自己身側。

白流星以稍稍仰躺的視角，怔怔地看著安穆程的臉龐。那與梅菲斯相同的臉、相同的眼，都在危急的時候為他心慌。

怦怦——

如果是一對正常的α和Ω，此時應該已經升起了信息素的薰香，可是他什麼都聞不到。他的感官像隔著一層透明的膜，他知道自己這樣不正常，但那卻不妨礙他的心跳，在安穆程抱起他的時候越敲越響。

怎麼會這樣呢？他已經不知道正常的定義在哪裡了。他不知道要把這個男人放在心裡的哪個位置。

「……」安穆程意識到白流星在看他，便低頭望向白流星。白流星的眼神真摯卻有些茫然，他不懂白流星為什麼會這樣望著他，但他不免覺得奇怪，白流星的病情好像減緩了？

白流星沒有再咳嗽了，但他感到喉嚨乾渴，胸膛也在微微發熱。他現在才意識到，當安穆程把他抱起時，自己的手很自然地搭在了安穆程的肩膀上。
兩人互相對視著，從疑惑變成尷尬。
「少爺，還需要叫救護車嗎？」幫傭阿姨拿著手機，已經預備撥號了。
「我沒事。」白流星示意安穆程將他放下。他本來就是假裝咳嗽的，用意是想嚇跑婆婆，沒想到卻越咳越起勁，咳到自己都停不下來了。
「媽，妳來有什麼事嗎？」安穆程問，口氣冷了幾分。
馬薇莘有點下不了臺階，「我……我就是來看看你們，我知道流星出院了，帶了一點補身體的給他。都放好了嗎？」她轉頭詢問阿姨。
「是，都放進冰箱了，加熱後就可以吃了。」阿姨恭敬地回答。
「那我先回去了。」馬薇莘指著門口，人也往那邊走去，「流星啊，好好休息。」她故意拉高聲音說。
「是，謝謝媽。」白流星也裝作恭敬的樣子。
大門關上，客廳裡重新剩下兩個年輕人。
「你真的沒事嗎？真的不用叫救護車？」安穆程望向白流星，連珠砲似地問：「藥有按時吃嗎？早上的份吃了沒？如果有不舒服的話，還是要回去看醫生！」
「呃……我剛剛只是被口水嗆到，沒有到需要叫救護車那麼誇張……」

如果安穆程真的叫了，白流星還擔心自己這是在濫用醫療資源。

「沒事就好。就怕有一些後遺症，不知道會延續到什麼時候。」

「……」白流星覺得安穆程是意有所指，但他沒有證據，「你早上去哪裡了？」

「你平常都不會問我去哪裡的。」

——所以我不該問嗎？

白流星忽然覺得說話好難，但他又想，安穆程是不是不希望他問？如果安穆程不想要他問起，那會不會是安穆程做了什麼不想被他察覺的事……？

或許是發現到白流星的疑慮，安穆程莞爾，態度坦然，「我有個朋友家裡出了一點事，想找我當面聊一聊。我收到陳阿姨的訊息，她偷偷跟我說我媽來了，家裡只有你一個人，我才趕回來的。」

「這樣啊……」

白流星感受到了對方的關心，那讓他有些不知所措。他不知道該用什麼態度面對這個男人，不明白怎麼做才是對的，不曉得怎麼樣才會像「他自己」。

忽然，安穆程拉住白流星的手臂，將人拉到自己懷裡。白流星暗自吃了一驚，雙手抵在對方的胸膛上，身體變得有些僵硬。

這不是厭惡，白流星很清楚。自己或許想逃，但他沒有打從心底抗拒這個男人。

「我昨天太衝動了，對不起。」

安穆程的聲音傳進耳裡，讓白流星有些心猿意馬。他嗅不到信息素，如今好像連一般的人類氣味也跟著躲藏起來了，但他卻可以想見對方脫下衣服後的樣子。

男人溫熱的肉體……他想像自己被赤裸裸地擁入懷中，不免緊張起來，身體也就很難放鬆。

安穆程注意到白流星一直緊繃著身體，他呼出一口氣，慢慢放手。「我想過了，失去記憶不是你的錯，你這種狀態也不知道會持續到什麼時候，那還不如……你就不要勉強自己恢復記憶了。」

「咦？」白流星驚訝地抬起頭，眨了眨眼。

「我們從現在開始累積新的回憶，好不好？」

「……」他怎麼好像變了一個人？真的想通了嗎？「我以為你還在生我的氣。」

「過去的就讓它過去吧。」安穆程微微一笑，但那笑容背後是否藏有別的意思，白流星發現自己竟看不清。

撇除生病的關係，在病毒還沒有席捲這個世界之前，他們之間就存在著問題。那些冷漠與刻薄的言語、忽視與自以為是地往目標前進……沒有人可以在一直付出，卻得不到回饋的情況下，還繼續無私無悔。

『你怎麼可以不記得我？』

安穆程付出了那麼多，全都因為一場疾病化為烏有。他想要生氣，想要指責白流星的不對，甚至想要報復，但他都找不到對象。因為那個人失去了記憶，把自己曾經傷害人的過往都掩蓋在無光的海底下。

——那個人就是我……

可是如今的白流星看著安穆程……他發現自己不感到愧疚。

那個過去的自己，像是另一個人、他不認識的陌生人。要為陌生人做過的事道歉，哪有這種道理？他的自尊心不允許。

他拉不下臉、思緒倍感混亂，而安穆程在這時候說，過去了，那反倒讓白流星鬆了一口氣。這樣他就不用去煩惱，該用哪一個「自己」來面對安穆程、該用哪一種態度住在這個屋簷下了。好像，真的可以「重新開始」，就像來到異世界那樣……

「你的身體還好嗎？」

「啊？嗯……」剛剛不是問過了嗎？或許安穆程也跟他一樣，處在同一個空間裡就覺得尷尬。

「那要不要出去走走？」

「……」白流星愣了一下，想起以前當安穆程問「要不要」的時候，他期望的回答就只會是「要」。如果他真的要給人選擇，他不會用這種問法。

像是——你要不要喝湯？要不要回來吃晚餐？

白流星不一定每次都說要，大多時候他還是依照自己的心情或狀況來決定。例如時間晚了、工作沒做完、在外面已經吃過了，那他就不會說要回家吃飯。但不知道從什麼時候開始，他每說一次不要，就像把安穆程推開——或者說，安穆程會有被推開的感覺。

「政府沒有規定所有人都一定要待在家裡，你篩檢都是陰性，就可以出門了。醫生也說，後期就可以開始做一些簡單的運動，能幫助身體恢復到之前的狀態。」

「……」的確，白流星偶爾會有呼吸困難的現象。他一手放在自己的胸膛上，那裡總覺得好像被什麼壓住了。他不確定那是不是心理因素導致的，還是病毒留下了物理上的後遺症。

「我們也不用做什麼激烈運動，就到附近走走就好。」安穆程柔聲道。

「……」白流星暗忖，如果不是自己跟這個男人相處久了，知道他的稟性，不然光聽他字面上的意思，就絕對聽不出來。這也表示自己的腦袋裡仍潛藏著對他的記憶，只是自己還沒翻找出來而已。

「附近你都還記得嗎？」安穆程頓了頓，似乎是擔心自己會說錯話，「既然你都要住在這裡了，那去附近走走、看看附近的景色，會對你有幫助。」

「……好。」白流星點頭答應，安穆程立刻喜形於色。

白流星就知道自己的推測沒錯，安穆程想要的回答果然是「要」。

「我去換個衣服。」白流星轉身走向房間。

既然都要住在這裡了……白流星不禁想，安穆程話裡藏了好多意思。他記得這間房子掛在安穆程名下，如果兩人離婚，肯定是自己要搬走。他不記得昏倒送醫前，兩人有要談到離婚的事。如今，一個人忘記了，一個人堅持不離，那不就是不能離了嗎？那他當然會繼續住在這裡。

讓他熟悉住家附近的環境，一來可以幫助他恢復記憶，二來就算記憶恢復不了，也可以重新累積、重新認識附近的生活圈。

「……他原來是這樣的人嗎？」

白流星不確定是自己想太多，把對方的關心套上目的性，還是安穆程本來就是心思極細的人。他發現自己真的不了解他。

白流星走到更衣室，把掛著外出服的衣櫃拉開。接著看到一整排的西裝，都是名牌的……他不確定這是他的嗜好，還是老公對他的「關心」。

「只是去樓下散個步，應該不用穿得多正式吧？」他隨便挑了件針織外套，並把睡衣換成便於行動的外出服。

走出電梯的時候，安穆程牽著白流星的手。

對安穆程來說，那大概是一個很自然的動作，不用徵得對方同意，但那一個小動作卻在白流星心裡停留許久。他看得出來安穆程心情很好，連走出一樓大門的時候，跟警衛打招呼都笑容可掬。

✽

跟昨天坐車回來的感受不同，如今用自己的雙腳走在路上，白流星才多了一點實感，真正有自己走進這個世界的感覺，而不是隔著一層玻璃，看著灰濛的天。

街上都沒有人，車子寥寥無幾，宛如空城。

「這一個月以來，很多店都關門了，不然就是只做外帶。我早上跟朋友見面時，想找間店都找不到，最後我們就買了便利商店的咖啡，站在路邊喝。」

「……」

「這樣也好，路上都沒什麼人，就不會群聚傳染了。但是大家都不出門，店家就沒生意，實體經濟一定會受到打擊。做餐飲的都是中小企業，不知道他們能撐多久。」

「……」白流星都不說話，因為他覺得這樣的情況沒什麼好評論的。

安穆程悄悄瞥了白流星一眼，他不知道對方憶起了多少，但也早就習慣自己說話時，沒有獲得回應這件事了。

兩個人，兩顆心，好像擺在了不同的地方。

安穆程牽著白流星過馬路。兩人走過一條街，看到座落於前方的首府大學，校門口也是門可羅雀。白流星記得那是兩人以前讀書的地方，也是婚紗照的其中一處外景，他們選在大學校園裡的人工湖畔旁拍攝。

婚後住的房子會買在這一帶，則是安穆程媽媽定的。這一帶本來就是學區，書香門第，連街景的規劃都特別有文藝氣息。說是這樣說，但實際上的理由是因為學區內，從小學、國中到高中的教育資源都較為充沛，家長們也敢於捐款，要求比較高，最後考上首府大學的學生人數也相對較高。菁英α世家未來的小孩，當然也要念好學校，那為了孩子選學區房，不就是父母能為孩子做的事之一嗎？

安穆程對此沒有意見。錢不是白流星出的，他也不敢有意見，反正從這裡開車到法院也不會很遠。

「你還記得這裡嗎？」安穆程開口。

走過校門，迎接學子的是一條銀杏大道，金黃色的銀杏葉鋪了滿地。白流星抬起頭來，從樹梢延伸過去的藍天，沒有邊際。

「你記得我們以前在這裡念書嗎？」

「記得。」白流星回答。

「記得多少啊？」安穆程笑著問，白流星臉上卻沒有笑容。

他看著往前延伸的銀杏樹，想起婚紗照有一張就是在這條人行道上拍攝的。「……過去的我都慢慢想起來了。我想不起來的，是近期的事。」

安穆程沉默下來，但白流星專注在自己眼前的景色，沒有注意到安穆程臉上一閃即逝的異樣。

「你說我在開庭的時候昏倒，然後送醫後就確診了，對嗎？」

「對……」

「我是……在醫院確診，還是因為確診而送醫的？」

「呃……」

安穆程皺眉，那讓白流星以為是自己的問題太難為他。「算了——」

「你昏倒的原因跟確診有關，可能是你早就被感染了，但在初期沒有症狀。現在送醫院急診不管什麼原因，即使是腸胃炎也要篩檢，所以你才會被篩出陽性。」

安穆程說完，趕緊又補上一句：「檢查出確診也沒有用，只是多出一個通報病例而已。現在也沒有能殺死病毒的藥物可以投放，目前都是依據症狀治療，最後還是要靠患者的免疫力撐過去。」

這麼一想，白流星覺得自己還滿厲害的。

「那，我是撐過去了？」

他詼諧地對安穆程笑著，但安穆程看到他的笑容，神情卻變得越發沉重，好像想起了什麼不好的事……

「怎麼了？」白流星問。

「我以為你撐不下去。」安穆程也不拐彎抹角，「放棄急救的切結書我簽好了，但我沒有交出去。我不敢。」

「為什麼？」

「因為我覺得，這樣好像是我殺掉你一樣。我不敢做。」安穆程如今已經不像在病房時那樣不理智，但他平靜的語氣下，似乎還隱藏著波濤洶湧。

「……你辛苦了。」

「這真不像你會說的話。」

「那怎麼做才會像『我』？以前的我會說什麼？你一直說『我』不像『我』，我都不知道要怎麼做才會像我自己了。」

「……」

「我不記得很多事，但是，單就放棄急救這件事來說，我可以想像那有多艱難，心裡一定會有所掙扎。如果是我的話……」白流星忽然打住，如果是他的話？他會跟安穆程一樣猶豫嗎？

不會。

他認為自己不僅會簽，還會果斷地交出去，因為如果那是對患者最好的方式，他會選擇放手。但安穆程當然不這麼想，他不希望自己的話激怒安穆程。

「算了，都過去了。」白流星改口。

安穆程也點頭，看起來是釋懷了。「對，都過去了。啊——對了，我媽的話你不要放在心上。」

白流星忍不住了，「又是那個幫傭阿姨偷偷告訴你的嗎？你都不知道你媽說了什麼，還叫我不要放在心上？」

「反正不管她說什麼，你都不要放在心上。你不是說過嗎？她是她，你是你，她不可能改變你，你也不會改變她。」

「你媽媽平常就會這樣突然來家裡嗎？」

「平常她會跟我說，而且白天你都不在。」

「……」白流星又想起來了，自己那超過朝九晚五的工時，有時候連假日也在加班，他幾乎每天都會去地檢署報到。他不僅不知道安穆程白天在做什麼，也不知道家裡白天會不會有其他人來。

嗡——嗡——

安穆程拿出手機，「抱歉，我去接一下電話。」

「那我去上一下廁所。」

「你知道路嗎？」安穆程有些擔心。

很久沒有逛大學校園了，白流星的確不知道廁所在哪裡，但他認為自己可以問路，或是進去某間大樓裡繞一繞、找一找，他相信那種地方應該不難找。他是失去過往的回憶，又不是突然降智，失去所有身為人的語言、技能。

因此，他回答：「知道。」

第三章

銀杏葉緩緩飄落，鋪了一地的金黃。莘莘學子騎著腳踏車經過，有人在樹下拍網美照、有人在寫生，或是享受一本書中帶來的奇幻異想世界。此處的人們都很安靜，似乎連經過的人都會刻意壓低聲音，就怕打破了午後的寧靜與美好。

銀杏樹附近的校舍都頗有年代感，以紅灰色的磚瓦為主體，莊嚴中又富有溫暖的人文氣息。文法商一類的科系都開設在這裡，彷彿在提醒著學生，再怎麼樣嚴肅的文本，都是以人為本，為治理眾人之事。

如此氣氛下，某間校舍的走廊上，卻傳來了不合時宜的輕微喘息。

「哈啊……啊……」

走廊上只有一名青年，淺色的頭髮特別耀眼。他一手抓著背包提帶、一手抓著外套前襟，雙手把自己胸前護得緊緊的，蹣跚前行。豆大的汗水從他額頭上滾落，雙頰潮紅，全身像浸了水一樣。

他咬緊牙關不讓聲音溢出，但越發沉重的呼吸聲還是出賣了他的身體狀況。

「哈啊……啊啊……」

再一步、再走一步就好，不可以在這裡停下來！

他雙膝顫抖，腳步虛浮，可以感覺到股間的分泌物正緩緩流出，雙腿之間脹得難受，內褲都浸溼了，溼溼黏黏的很不舒服。還好有外套遮住，外套的下襬長度應該夠吧？可以把臀部蓋起來吧？

他只希望走廊轉角不要突然出現其他人，他可受不了自己這副模樣被別人看到。

「那個……該死的……」

這個青年，就是現年就讀法律系二年級的白流星，二十歲。

——可惡！

這可惡的身體！可惡的α！

如果他還有力氣的話，他會想一拳往那個α臉上揍下去，可惜現在的他為了保持理智，讓自己的雙腿還能繼續移動，就已經耗盡心力。

可以感覺到自己的心跳越來越快，口乾舌燥，他知道此刻自己的身體想要什麼。

想要把褲子脫下來、把腳打開，撫慰那敏感紅腫的地方，讓它變得更溼滑、更容易進入。想要有東西填滿，想要α的信息素……

——真是夠了！

他抵抗著自己的想法。白流星不能好好控制自己的信息素，因為他不是極優性的Ω，他的檢驗結果顯示為中等偏劣。光譜上這類Ω不僅很難控制自己的信息素，還很容易被別人影響——此處的別人，指的就是α。

α只要把自己的信息素吹過去，Ω就會激動、顫抖不已，就像迷失了方向的小狗，唉叫著，要主人趕快回來，而α也對捉弄如此迷惘狀態的Ω感到樂此不疲。看到Ω彷彿找不到迷宮出口，急得團團轉的樣子，成就感就會倍增；看到Ω受不了了，開始向α求助，他們就會特別開心。

白流星是不會求助的，他知道這樣只會讓加害者變本加厲，因此自己唯一能做的，就是保持冷靜和冷漠。

保健室……太遠了……還是該找個地方躲起來！

白流星看到男廁的指示牌，加快腳步往那裡走去。

✽

稍早之前，白流星吃過午飯，在教室裡看書。

下午的課還沒開始，空堂的時候教室是不會鎖門的，學生都能隨意進出使用。

有些人嫌圖書館或自修室太遠，會寧願趴在教室裡午睡，雖然教室的椅子坐起來不怎麼舒服就是了。白流星不在意設備的問題，他只想找個無人的地方，安靜做自己的事。圖書館總是人滿為患，自修室很難申請，那隨便找間空教室，就變成了他最好的選擇。他還能獨占著一整片空間，獨享窗外的銀杏葉。

偏偏在這時候，來了一位α。

他跟白流星一樣是法律系的學生、修同一堂必修課，剛好這天，他提早到教室了。

「咦？那是什麼味道啊？」

白流星聽到有人這麼說，立刻站起來開窗，但他同時也意識到，好像是自己身上散發出來的……他知道自己的發情期要來了，而他也對這種事都很小心謹慎，抑制劑按時吃，週期還算規律。平常上課的時候，也是要跟一群α共處一室，這種事很難避免。

平常都沒出什麼事的……

白流星立刻往那位同學看過去，卻發現對方在散發信息素！

——他是故意的！

「白流星？你叫這個名字是嗎？你是Ω對吧？我記得你是班上唯一的Ω，也是系裡唯一的一個。」

「……」白流星瞪著那人，但他也馬上意識到，自己必須盡快離開現場。現在不是辯駁的時候，思考跟說話都是多餘的！

他立刻收拾東西，把書全部塞進背包裡，然而他卻突然感到頭暈、心跳加速。

「教授真奇怪耶，怎麼會錄取你一個Ω呢？喂，你該不會跟教授有什麼特殊的關係吧？」

白流星扶著桌角，用力吞下一口唾沫。他可以感覺到自己的喉嚨變得乾渴，但他想要的不是水源，而是任何跟α有關的東西，或是α的體液……

「哈哈，你這樣就不行了？那你是怎麼考進來的？在考試的時候撐得住嗎？考場又不可能只有你一個人……啊，我聽說有讓Ω使用的專屬考場是不是？真是的，這個社會怎麼了，怎麼就讓你們這種人有特殊待遇呢？」

「……」現在……不是……

不是吵架的時候！不是生氣的時候！

白流星光是要走出教室就無比艱難，因為α的存在就像一道不可違抗的信條，要他跪下、臣服。

他雙膝一軟，跪在了地上。

「你還好嗎？怎麼都走不穩了？」

那人對白流星伸出手，臉上有著毫不掩飾的訕笑，他不懷好意的眼神讓白流星怒火中燒。白流星可以肯定，自己會滿身大汗，絕對是因為心裡那把火在燃燒。

「喂，你是發情期要來了嗎？不要隨便散播信息素，勾引α啊！《信息素犯罪特別條例》上有名說，如果加害者是Ω也適用喔！」

「明明……是你……」白流星勉強自己站起來，想要往門口跑，可是他只能拖著步伐移動，因為他勃起了。他抓住自己的外套前襟、抱著背包，想掩飾生理上的異樣，但對方似乎早就察覺到了，竊笑地走了過來。

「不管立什麼法都一樣啦！判刑都要有證據。信息素犯罪的信息素殘留適於用儀器檢測，但我是菁英α耶！我可以讓我的信息素全部在空氣中消失，只剩下你的！」

「……還要再說嗎？」白流星拿出手機，對著那人顯示一一〇緊急撥號的畫面，「我先報案的話，一樣會留下證據。你可以強迫我、就在這裡強迫我！但是我不會和解，我一定會把你送進監獄！」

「呃！你……你瘋了嗎……」

「是你先開始的！」

「只不過是個Ω……上一下不行啊？我上不了你，我不會去上別人嗎？神經病……被你搞得都沒心情了！」

那人一萌生退意，白流星就得知自己的威嚇產生效果了。

α的信息素變弱了，白流星趁這時候跑出教室，但他的身體還是很難受，發熱的現象沒有減緩。可能是發情期本來就快來了，剛才被α的信息素一勾，發情期就提早到來了。

他一邊走，一邊找出背包裡的抑制劑，把藥丸從密封包裝裡推出來的時候，手已經在顫抖了。他來不及去找水了，只能乾巴巴地硬吞下去，並祈禱藥效早一點發揮……

※

白流星躲在廁所隔間裡，背靠在隔板上。再三確認門已經鎖好後，就再也忍不住了。

他解開褲頭拉鍊，解放困在內褲裡的分身。他咬牙忍住聲音，手握著它上下擼動，希望它快點解放，至少先射出來一次，讓熱潮減退，就會舒服一點了……

他忍著沒有發出呻吟，但是呼吸聲越來越沉重。他沒有意識到自己正散發出濃烈的信息素氣味，整個空間裡都盈滿了Ω的香氣。

——怎麼……還沒……

白流星咬著下唇，雙腿間早已溼得不像樣，褲子被他脫到膝蓋處了，淫水滴了幾滴到地板上。但是，射不出來。勃起的陰莖哭成了淚人兒，想要被好好撫慰，白流星已經耐著性子去撫摸它了，但不管怎麼摸就是射不出來。

「哈哈哈最好是啦！哪有那麼扯的……」

「屁啦！」

「欸，那是什麼味道！」

突然有一群人進入廁所內，白流星雙手摀著嘴巴，縮在隔間角落。他不敢發出聲音、也怕自己發出聲音。

到底是誰像三姑六婆一樣手牽著手上廁所，一次進來那麼多人？白流星腹誹著，卻又無可奈何，只希望那群人趕快走。

「欸欸，你們有沒有聞到，好像是Ω信息素的味道？是發情的味道嗎？」

「幹！是不是有人在那邊打砲？」

——好像來了一群很凶的人！

白流星嚇得發抖，只希望自己不要被發現，因為他現在這副模樣……衣衫不整的……一定會被誤會，而且進來的人如果都是α，他們一定都會被自己的信息素影響。如果α發起狠來，那扇薄薄的廁所門肯定是救不了自己的。

「你們都出去。」

突然，一道沉穩的男聲響起。音量不大，有些低沉沙啞，卻蓋過了其他人嘰嘰喳喳的討論聲，也在白流星心裡種下了好奇的種子。

白流星的身體依舊躁熱，但聽到那聲音，就像吹進了一道微風。雖無法澆熄欲火，卻能夠稍微獲得喘息的機會，讓他摀著嘴巴的手不用壓得那麼緊了。他的腦袋能清楚意識到，自己還沒有輸。

「同學，你神智還清楚嗎？你聽得到我的聲音嗎？」

腳步聲……越來越近……

白流星發現自己的心也跳得越來越快，剛才因為嚇一跳而委靡的分身又豎起了，前端沁出蜜液，彷彿是一種期待與狂喜。

他一定是α，白流星心想。因為自己居然有想為對方開門的衝動，想讓他看到自己淫亂的醜態，想讓他也臣服在信息素的控制下，變得瘋狂。

「同學，你一定要把門鎖好，不管是誰來都不要開門。」

白流星的手停在半空中，那聲音又喚回了他的理智。

他聽得懂對方的意思，因為發情中的Ω信息素是最強烈的催情藥，本來沒有那個意願的α也會沉淪其中。他們的陰莖會變得腫脹，會迫不及待地想要找地方發洩，Ω的身體就是絕佳的去處，他們不會管那個Ω是誰。

「我幫你叫救護車。」

聲音的主人走了，白流星頹然地跪倒在地，心裡有一種空虛的感覺，他也不知道自己為什麼會變成這樣。

✽

「同學！同學！你聽得到嗎？同學！」

當消防隊破門而入的時候，白流星靠在隔間角落，睜開半瞇著的眼皮，心想，這個排場會不會太誇張？

「信息素濃度超標，患者意識不清醒，連絡急診室準備應對信息素個案。」

「是！」

白流星不覺得自己意識不清醒，他覺得自己只是沒有力氣講話、抬起手來表示自己還聽得見。他能感覺到自己被搬上擔架，模模糊糊地看見一群全副武裝的人，戴著能隔絕信息素的面罩，看起來像不近人情的機器。

白流星看不見這些人的臉，但可以聽見他們的聲音。

「學長，他是Ω吧？現場偵測到的信息素這麼濃，居然沒有引來半個α……」

「別想太多，我們把患者送到醫院就是了。」

「我們都是β，不知道被信息素影響是什麼感受，但是居然會躲在廁所，連褲子都沒穿好……」

「不要在值勤的時候說廢話！」

「是！」

——我的褲子……

白流星想動手把褲子拉好，卻摸到自己的腰部以下已經被蓋了一條大毛巾。移動式的擔架是一片冷硬的板子，但或許，這些看不見臉的救護人員，沒有他想像中的冷漠。

從走廊到送上救護車的這段路不用走五分鐘，白流星卻依舊懸著一顆心，擔心這一路上會有很多人盯著他看。

他們會在背地裡說什麼？「Ω經不起一點刺激，這樣就要送醫？」、「那都是他自找的」、「是他先勾引別人的」、「是他不對」……

縱使沒有聽到真實的聲音，但心裡的聲音已經把白流星鞭笞無數次了。他勉強自己睜開眼睛，只有睜開一條縫也好，他想要看個清楚、到底……

走廊上沒有其他人，救護人員將他搬下樓的這一路上，他們都沒有遇到半個人。

白流星不敢相信，這是運氣嗎？

不，如果是運氣好的話，打從一開始就不會遇到那個α同學了。

救護車停在校舍外面，沒有鳴笛、沒有人指指點點，也沒有人妨礙救護人員進出，一切都很順利。當救護人員將白流星從長背板移動到擔架床的時候，白流星瞥見了金黃色的銀杏葉正緩緩飄落，這才想起這原本應該是個美好愜意的午後。

微風輕拂，他聞到了淡淡的梔子花香。他不知道哪裡有種植梔子花，這一帶的校舍他很熟，應該是沒有梔子花才對，以前也不曾聞過。

但那味道很好聞，可以讓他忘記所有的煩心事。

⁂

白流星在醫院住了一個晚上，早上值班醫生過來巡房的時候，他的精神好多了，身體也沒有發熱的症狀，正所謂神清氣爽。這種舒暢的感覺讓他一度懷疑自己還是不是個Ω，好像變成了β一般。不會被信息素影響就是這種感覺嗎？

「你還算幸運的，沒事的話下午就可以出院了。」值班醫生沒有穿戴防護服，可能是位β，他的話讓白流星頗不以為然。

他都被送急診了，這樣也算幸運？何況，這件事又不是他咎由自取，他是被牽連的受害者，哪裡幸運了？

但仔細一想，在那種危急時刻自己還能全身而退，沒有被一群α圍攻侵犯，好像真的是滿幸運的。而且，他靠打點滴就可以緩解症狀，無須深層侵入式的治療。

所謂「深層侵入式治療」，指的就是模擬Ω在發情時所需要的元素，進而緩解發情期的症狀。說得簡單一點，就是用一根跟陽具形狀相似的棒狀物，插進Ω的下體，棒狀物會持續釋放藥物，模擬人體的振動並散發溫度。

白流星當初在網路上看到這種治療方式的介紹時，一度以為自己點進情趣用品的販售網站。但網站上沒有價格、沒有一直跳出來的小廣告，而是藍色、綠色、白色這類容易讓人聯想到「醫院」的顏色，他才理解到，啊——原來醫材製造商的官網。

他實在很想問，這是哪一個天才發明的……雖可恥，但有效。

還好他沒有嚴重到需要使用那種治療方式，不然他一定會糗到想死。不過，如果真的需要的話，他恐怕也沒辦法想那麼多，只求能快點治好。

「等一下主任會過來看看，我們主任治療過很多信息素急診的個案，你有問題可以問他。」值班醫生在病歷上記錄完後就離開了。

急診室是個很混亂的地方，主任一聽到是信息素個案，馬上就安排了隔離病房，以防信息素外洩，干擾到其他病患或院內同仁。他自己也去換上隔絕信息素的防護服，穿得比救護人員還誇張。白流星隱約記得當時的情況，他全程都沒有看到那個人的臉，但主任指揮值班醫生大吼的模樣，卻在他腦海裡留下了深刻的印象。

藥加在點滴裡，打下去經過差不多十五分鐘，白流星就有藥效發揮的感覺了。身體的發熱減緩，下體也不再腫脹，但是意識變得越來越不清楚、眼皮越來越重，他迷迷糊糊地睡著了，有一種躺在雲端的感覺。

他一個人留在醫院裡，沒有人陪伴，感覺有點孤單。但都自己一個人搬出來住了，就要自己一個人承擔後果，他已經做好了覺悟。

隔離病房的空間很小，感覺很像牢房。一張病床、兩旁幾個監控的儀器，就沒有其他東西了，當然也不會有什麼療癒人心的裝飾小物。

白流星沒有休息很久，就聽到拉開門的聲音，一群醫生整齊進入，走在最前面、防護服穿戴得最齊全的就是主任。

「同學，你今天感覺怎麼樣？」透明防護面罩底下是一張男人的臉，三十多歲，有一雙銳利的眼睛。

白流星愣了愣，他原本以為防護服是看不到臉的，那是他在被搬上救護車前，對急救人員的印象。現在想來，可能當時的他真的是意識不清了，才會連「看清」這麼簡單的事都做不到。

「我……」白流星一出聲才發現自己聲音沙啞，可能是醫院的空調太強、空氣太乾燥了，「好很多……」

「那就好。」主任查看了一下監控信息素的儀器，神色如常，「你還有哪裡不舒服嗎？」

「……」白流星瞥了那群跟在主任身後的實習醫生一眼。如果他今天仍勃起著，他也要當著這些人的面如實以告嗎？

「我好很多了……可以出院了嗎？」

「可以，那你要拿藥嗎？我可以幫你開三天份的藥。」

「要……」趁著主任用平板輸入醫囑的空檔，白流星有問題，不吐不快。「醫生，可以幫我多開一點藥嗎？」

主任從平板上抬起頭來，似乎有些疑惑，「健保局規定急診只能開三天份的藥，你還需要的話，要回門診看診。你平常有在看信息素的門診嗎？」

「我只會固定去小診所拿藥。我的……週期沒有不規律，抑制劑都有按時吃，這次是……意外……我班上有很多α，有些人就喜歡惡作劇……」

主任看起來對送急診的原因不敢興趣，他的臉上表情變得越發冷漠。亦或是，他看過太多這種病患了，不可能一個個去消化對方的可憐之處。

「你是要我開抑制劑嗎？我一樣只能開三天。」

「可以幫我開藥效比較強的嗎？」

「你平常吃哪一款，我看一下。」主任眼神一瞟，旁邊就有小醫生點開電子病歷，呈送到主任面前。

主任很快看過，立刻做出判斷：「喔，這個啊，這個平常吃還好，緊急的時候就沒有用了。我可以開一款比較有效的，可是一樣只能給你三天，一天一顆、要自費，要嗎？還是你有商業保險？我可以幫你開證明。」

「自、自費？呃……會很貴嗎？」

「護理師等一下跟你報價。」主任大概是思緒運轉速度比較快的那種人，講話也很快，但白流星一聽到自費就猶豫了。

「……還有其他選擇嗎？」

「你們到外面等我。」主任對實習醫生們道。

病房裡只留下一位護理師，是幫主任做事、也是為主任避嫌。信息素的急診或門診都不可以留病患單獨跟醫生相處，診間跟病房裡都要有監視器，病患的隱私在這時候就只能先擺一邊了，因為醫生都不想承擔被告的風險。如果醫生被患者的信息素影響了，或是對患者做出事後會「越想越不對勁」的事，那監視器和做為證人的護理師就成了醫生的自保手段。

「同學，你是首府大學的學生，對吧？」主任的聲音隔了一層面罩，聽起來卻有些感慨，「你有興趣加入臨床試驗嗎？」
「什麼……？臨床、試驗？」
「等一下把單子給他。」主任先對護理師交代，接著才對白流星解釋：「ＭＳ藥廠最近推出了一款新藥，是針對Ω的信息素抑制劑。他們家的抑制劑已經上市好幾代了，很多家醫院都有在用，藥效都很穩定。」
「那……為什麼還需要做臨床測試呢？」
「在大規模投入廣告經費之前，他們把藥送來像我們這樣的教學醫院，希望做個案追蹤。」
「所以……藥是合法的？」
「當然。」主任難得扯出一抹微笑，「如果吃出問題，開這種藥給你的我，也會良心不安的。」
「……」
「你可以考慮一下，這是自費藥，如果加入他們的臨床測試，費用就可以全免。在你服藥並按時追蹤的日子裡，會定期給你營養費。」
「聽起來不錯啊……」
「是，但問題就是在這裡，需要追蹤，我們不希望患者拿了藥之後就不見蹤影。」

「怎麼會不見蹤影呢？」

「不是每個來醫院的病患都會留下真實資料，尤其是急診。我把他治好後，偷偷溜走的、甚至欠費的都有。」

「我不是那樣的人。但、這……我要想一下，你把相關資料——」

「護理師會給你。」主任沒等白流星說完，就急著去巡下一間病房了。

不一會兒，白流星就收到了護理師印好的紙本資料，需要簽名的地方都圈起來了，像同意條款、保密合約等等。白流星沒有當場簽名，但他辦理出院的時候，把資料也一併帶走了，他覺得自己需要想一下。

那營養費聽起來有點誘人……

搬出來住後，白流星就沒有再向家人拿錢了。父母在他念國中的時候去世，阿姨、姨丈把他接過來照顧，讓他免除了去育幼院的命運。阿姨沒有虧待他，平時也不會少他一口飯吃，但阿姨對待他跟對待自己的小孩，總括是不一樣的。

阿姨一定會記得自己小孩的生日，每年都有生日大餐。而白流星自從父母去世後，就沒有再吃過生日大餐了；她每年過年都會給小孩紅包，一次都好幾千塊，而他只有意思意思的幾百塊；她會付錢讓孩子去上補習班，而他只能去圖書館念書。當他考上首府大學、而阿姨的小孩卻只考上了一間三流大學的時候，他就知道，自己該搬走了。

他還有一些父母留下來的積蓄，讓他可以稍微喘口氣。但一直在花錢、卻沒有進帳的日子讓他很沒有安全感，所以他在課餘時找了一份打工，這樣扣除學費、生活費、房租等，至少積蓄減少的速度沒有那麼快。

可沒想到住院一次，就要噴掉好多錢……

α隨便放個信息素，拍拍屁股就走人了，Ω卻要承受後果。擔心貞操、身體受到損傷也就算了，如今是連實體的錢都噴掉了！

「唔！」白流星越想越氣。

該死的α、這該死的身體……他不知道要怎麼違抗命運……

第四章

白流星出院後就馬上回學校了。他在路上遇到助教，助教告訴他，上一堂課的教授在找他。白流星起初有些疑惑，他想不出自己有任何需要被叫去談話的理由，但他還是去了，畢竟是必修課的教授。

大學教授都是不點名的，尤其是那些排名越前面的學校。自律很重要，教授沒有義務要管你讀不讀書，因為你的未來是自己的。每次開學時，教授都會把「遊戲規則」講好，願意遵守那很好，不想遵守那你也要承擔相應的後果。

白流星就是很自律的學生，應該說，如果他沒有多花那些時間精力，他也考不上這所學校。對此他是很自豪的，他不認為自己每件事都需要被盯著。

所以，平常都不管事的教授，會把他叫過去……

是上次交的報告有問題嗎？他有寫到比較有爭議性的論點嗎？還是小考的成績太差了？就算教授不點名，考試的日子還是一定要到，有的教授會用隨堂考來充當點名。

白流星想不出結果，但他人已經來到了教授的研究室門外。

叩、叩。

「請進。」

白流星壓下門把，推門入內。教授坐在辦公桌前，小小的空間裡都是書，幾乎每個櫃子裡都擺滿了書。室內有一個小沙發，沙發上倒是乾淨，也沒有放東西。

白流星經過沙發，來到辦公桌前，「教授，我是白流星，您找我嗎？」

「喔，是你啊。」教授從工作用的筆電中抬起頭，他的桌上散落著一些文件，沒有堆得像小山一樣高的書。「你上一堂課為什麼缺席？」

「我身體不舒服——」

「是發情期來了嗎？」教授打斷白流星的話，瞬間讓白流星察覺到不對勁。

不會有人把發情期拿到公開場合談，尤其他們的師生關係也沒多好。

白流星不曾私下跟教授互動過，上課也是默默地上。他自認成績還算不錯，但成績好的人在大學裡太多了，他也不是上課會積極發言，讓教授留下深刻印象的人。

白流星板起了臉，「這是我的個人隱私。」

「你有拿獎學金，對吧？」

「是……」

「你覺得只要考試成績夠好，就可以拿到獎學金嗎？平時課都不用上了是嗎？」

「我平常都沒有缺席，這次真的是身體不舒服！」

「我聽說，我們系上出現信息素急診的個案。白流星，我知道你是Ω，也知道Ω有諸多不便，但是，你自己沒有做好健康管理，就不怕會妨礙到其他人嗎？」

「……」白流星一時傻住了。平常沒有跟教授接觸，他都不知道教授原來是這麼偏頗的人。

「系上只有你一個Ω，別人都是α。如果α被你的信息素影響了、也出現症狀，你要怎麼負責？還是你覺得自己不用負責，因為你就是想要勾引α？」

「我是被害者！」

「發情就發情，還要扯那麼多！」

「教授！是班上的α刻意對我散發信息素！他用信息素影響我的認知判斷，進而影響我的意願，這已經可以構成信息素犯罪了！」

「你有證據嗎？」

「我有報案記錄。」

「……」教授的神情瞬間冷了下來，並帶著疑惑。

同時，白流星也思考著，會不會是有人先向教授告狀，讓教授誤以為是他這個Ω發情了、信息素影響到其他人，並嚴重到需要送急診？

「你報警了？」教授過了好一會兒才開口。

白流星的眼神閃爍，但他知道自己沒有太多的時間猶豫，教授不會等他、也不會同情。「不是我，是我朋友打的，他打一一九叫救護車，那邊應該會有記錄。他有把情況描述給派遣員，我一個人反鎖在廁所，我要怎麼去勾引人？」

教授好像不相信的樣子，「你朋友也是Ω？」

「……」白流星其實不知道那個人是誰，但他不想謊稱是自己報案的。沒有做過的事他不想承認，即便多扯一個「朋友」出來，可能會讓事情變得更複雜。

「我朋友跟這件事無關。教授，班上的α刻意對我散發信息素，這件事都沒有人處理嗎？」

不知為何，教授嘆了一口氣。他拿下眼鏡，揉了揉眉心，又把眼鏡戴回去，「白流星，你知道我們系上從前幾年開始，有配合政府的政策，增設Ω的保證名額嗎？」

「是……我知道。」

「你知道你是用保證名額錄取的嗎？」

「什麼？」

Ω在社會上是公認的弱勢，因此像首府大學這類的名門學府，會增設保障名額或給予獎學金，來鼓勵Ω入學。

「我印象很深刻，因為寄來的申請書裡，只有你一個Ω。當時系上還為了要不要錄取你，討論了很久。」

放榜時公開的只有總錄取名單，沒有詳細說明誰是因為什麼原因錄取的，也沒有在錄取名單裡顯示第二性別。白流星在錄取名單最下方看到自己的名字就很開心了，但上了大學後他才知道，考進來不是結束，而是另一個開始。

「你知道你為什麼會被分到保障名額嗎？」

白流星當然不知道那背後是怎麼操作的，但因為申請書上的「個人資料」包括第二性別，即便他不想讓別人知道，他還是只能如實勾選。

「因為把你分到保障名額，你就不會占到其他α的名額了。」

「……」白流星恍然大悟。

世界沒有改變，α和Ω不平等的關係沒有改變。不管他再怎麼努力，人家還是不會把你當作同一個圈子的。即使你很努力進到這個環境裡來了，他們還是有辦法生出自己的遊戲規則。

一個如同死水的圈子不會歡迎外人進入，因為外來者會破壞既有的利益平衡，並挑戰他們的權威。是人都不喜歡變動，安逸地待在自己的位子上是最舒服的。菁英α們是連念書都輕輕鬆鬆，文理兼顧，他們也習慣待在同一個圈子，一個由菁英世家、菁英學府、菁英企業打造出的產業鍊。

「白流星，你進法律系是為了當律師嗎？」教授的口氣少了一些尖銳，多了一些疲憊，「我聽過一些專為Ω辯護的人權律師，雖然賺不了多少，但都還滿有名的。」

「我還沒想好。」白流星據實已告，這種事沒什麼好隱瞞的，「教授，我想問你一個問題，律師可以抓到犯人嗎？」

「警察抓壞人，檢察官起訴，法官判刑，律師辯護。你覺得呢？」

「……」

白流星沒有回答，但教授的話讓他難以忘懷。

這時候的他不知道、大概連教授也不知道，就是這番談話改變了他。

✽

離開教授的研究室後，白流星決定要去把那個幫他叫救護車的同學找出來，他想跟對方道謝。另一方面，那人也是他的「證人」，所以去認識對方、至少知道那個人是誰，絕對沒有壞處。

白流星來到法律系的系辦公室，心想著也許會有人知道那人是誰，因為那人有可能是自己打電話叫救護車的，也有可能是先去找人幫忙，才叫救護車的。如果他去找人幫忙的話，那系辦就是一個選擇，那裡是離廁所最近的行政單位。

事情出乎白流星意料的順利。

在系辦打工的同學對昨天的事留有印象，態度也很親切。「啊，原來是你，身體好一點了嗎？」

「好很多了，謝謝。」白流星禮貌回答。

事實上，是真的好很多，他都要懷疑醫生為他打的藥是仙丹了。

昨天下午因為α的信息素誘發發情期，在醫院度過一個晚上後，隔天就沒有發情的症狀了。好像發情期提前來、提前走一樣。

這麼形容很奇怪，但以前從來沒有這麼順利過。一般Ω的發情期大約會持續三到五天，這段時間可以靠藥物控制來度過。但每個人對藥物的反應不同，有些人還是會有頭暈、頭痛、注意力不集中、疲倦、輕微發熱等症狀，有些人就完全沒事。

白流星屬於吃過藥後會有一點頭暈，但還不到全程都只能躺在床上的地步。如今，他卻完全沒有感覺到任何的副作用，急診室的藥可能真的比較靈。

「對了，你知道昨天是誰幫我叫救護車的嗎？」

「喔！你是說學長嗎？」同學雙眼放光，好像聽到了什麼八卦。

「學長？」白流星挑眉，不懂對方興奮的原因。

「他是商學院大四的學長，叫做安穆程！他很有名喔，是菁英計畫的學生，聽說家裡很有錢，是富三代！」

「呃……嗯……」白流星單單要擠出一個附和對方的語助詞，就想了很久。

「學長對大家都很親切，聽說很常請客！他身邊都跟著一群人，跟他一起上課的話，每次吃午餐或晚餐什麼的，他都會順手請。我也好想跟他們一起吃飯，可惜我不是商學院的，沒有理由混進去嗚嗚嗚……」

「哈哈……」白流星乾笑附和著，「那個菁英計畫是什麼？」

「喔，那是商學院才有的計畫。一般的科系不是都有分必修、選修嗎？你會有一個固定的學分必須拿到，系所會指定你要上哪些課，另一部分的選修學分可以去選自己喜歡的課，不限科系，要選其他系的課也行。」

「是……」

「菁英計畫就沒有分必修、選修。」

「嗯？」白流星乍聽之下有些不解。

「商學院裡面有很多科系，像企管、金融、財金、國貿那些。菁英計畫原本是讓學生能自由選擇商學院裡面所有的課，但現在標準越來越寬，變成能選全校所有的課。」

「嗯？嗯？」白流星一時腦子沒轉過來。

「菁英計畫在入學時就決定了，不公開徵選，能加入菁英計畫的，都是很有錢的α。」

「……」

「啊啊～好羨慕α，我也好想成為α……」這位同學是β，對這個世界仍保有美好的幻想。白流星卻馬上就明白了，菁英計畫根本是給菁英α開的後門！

如果他們能選全校的課，表面上是讓學生自由發展，但實際上他們可以專選那些比較容易過關的課，然後一樣拿到首府大學商學院的學歷。商學院的分數也不低，而且是各大企業的徵才首選。別人拚生盡死才考進來的，考進來後一樣要認真念書，他們的出路卻早就鋪好了。

離開系辦後，白流星發現自己的心情有點複雜。

他本來只是想打聽那個人是誰，如今聽到了菁英計畫，心中就很難不產生偏見。他知道自己不能說α「都是那樣」，就像他也不喜歡別人老是給Ω貼標籤，但很有錢、很常請客、很多人聚在一起……並沒有給他一個好印象。

他不禁聯想到昨天，自己躲在廁所隔間的時候，聽到的也是一群人走進來的聲音，其中叫「所有人都出去」，並說會去「幫他叫救護車」的，應該就是安穆程了。

連上廁所都成群結隊的……安穆程是狼群的老大嗎？

如果安穆程是菁英α，那他一定也是狼群的首領α了。
雖然乍聽之下的印象不太好，但白流星心底還是留有一絲好奇。
他打算先去上課，下課後再去商學院一趟。

✻

「啊……居然這麼晚了……」白流星從圖書館出來時，發現天已經黑了。
下午上完課後，他就被教授出的作業和其中的議題深深吸引住，忘記要去找某位學長道謝，而是直奔圖書館，想盡早把作業完成。另一方面也是他的個性不喜歡拖延，想到就會馬上去做。沒想到作業寫完後，太陽都下山了。
校園裡亮起橘黃色的路燈，沒有行車的干擾，滿地的銀杏葉彷彿會發光似的，好像那葉葉都是片片金箔。
——要不要下次再去呢？
白流星邊走邊思考，但雙腳已經來到商學院外面的廣場。他沒有選修過商學院的課，所以從來沒有進去過商學院的校舍大樓。他停在外面的步道上，晚風輕輕拂面。
「這麼晚了……系辦會不會早就下班了……」

跟隨風一起飄過來的，還有淡淡的梔子花香。

那令他不禁駐足，停下了所有想法，只為好好地深吸一口氣。

那味道不會很濃烈，不會帶來半分威脅性。然而不濃烈並不代表它沒有存在感，而是給人一種若有似無的挑逗，讓白流星為了捕捉到它的蛛絲馬跡，不得不專注。

白流星深呼吸了好幾口氣，感覺到異樣的情愫在心頭鼓動。

——難道，是信息素嗎？

白流星抓著背包的背帶，倏地擔心起來。商學院該不會是菁英α的地盤，所以到處都是信息素吧？

這麼說其實並不妥當，像法、理、商這類的學院都有很多α，不可能每個人都把自己的信息素控制到滴水不露。一些控制不好或刻意顯露的，大有人在。碰到α的信息素是在所難免的，但只要不針對他、不刻意對他散發，他的身體其實就不會出現太大的反應，只是觀感不佳而已。

觀感不佳跟身體真的出現症狀，兩者還是有一段差距的。觀感問題白流星就先不管了，因為他無法改變別人，只能改變自己。他改變自己的想法、改變自己的心情，不去理那些人就是了。

但這個味道不一樣。它浮動在空氣中，好像在引人靠近。

「那我走這邊。」

「拜拜，明天見。」

有一群年輕學子從商學院的大樓走出，其中一人走向白流星駐足的步道。

白流星可以感覺到自己的心變得越跳越快。不知道為什麼，也不知道要歸咎於誰，是人、是信息素、還是什麼他不明白的原因呢？

他唯一可以確定的一點是，那股如梔子花香的信息素，不會讓他反感。

那人離白流星越來越近，就在他與白流星擦身而過的時候，白流星猛地抬頭，發現了信息素的來源。

淡淡的梔子花香，是從這個人身上散發出來的。但他並非刻意散發信息素，他甚至沒有散發信息素。白流星的腦袋清楚地知道——是自己，在鎖定他身上的味道！

白流星的身體比他的腦袋還先一步行動，身體彷彿在叫囂著，不能讓這個人走！不能讓他從眼皮子底下溜走！

於是，他抓住了那人的手臂。

「！」花香拂面，白流星嚇了一跳，那人也嚇一大跳。

他們互相看著對方，電光石火間，兩人都聞到了信息素的香味，像兩對翅膀互相張開、相互糾纏。白流星搞不清楚自己是沉醉在信息素裡、還是青年英俊的臉龐裡了。

對方明顯比他年長一、兩歲，看起來氣質很穩重、很成熟的樣子。總覺得他對別人說話一定也是不疾不徐的，不僅咬字清晰，連表達一件事的意圖也很明確。但自己都還沒聽這人開口過呢！怎麼連他的聲音都想像出來了呢？

白流星慢慢放手，他知道自己的舉動太魯莽了，便急著要想出一個藉口，才不會讓對方覺得他很奇怪。

但是他想不到！

白流星的腦子一片空白，只能繼續看著對方的臉……

深色柔軟的髮絲貼著青年的額頭，他穿著駝色的針織外套和深藍色的牛仔褲，拎著一個裝筆電的手提包。他望向白流星的眼神並非是覺得對方冒犯到他，而是他也在打量著白流星。

漸漸地，他露出微笑。那是一個溫暖和煦的微笑，像翅膀一樣柔柔軟軟地，彷彿要把人包裹起來，讓人可以躲在裡面，不受傷害。

「怎麼了？為什麼要這樣看著我？」

那聲音，白流星覺得自己好像在哪裡聽過。

「你……你是商學院的學生嗎？」白流星的心臟都快跳出來了，他沒想到跟一個不認識的人說話，會讓他感到這麼緊張。

「我是。」青年回答，「你有什麼事嗎？」

「我想……找……菁英計畫的學長……」比起系辦，還是直接問比較快吧？系辦也不一定知道學生下課後會去哪裡。

青年莞爾，「我剛好也是。」

「……」然後，白流星就詞窮了。

他平常不是這樣的！

就算不會在課堂上活躍發言，白流星也認為上臺說話對自己來說，絕對不成問題。畢竟不管未來要從事什麼職業，學會為自己的論述及想法發言都是很重要的，大學的課程也經常會有需要上臺報告或答辯的時候。

我是怎麼搞的……白流星在心裡氣惱。

「你是要找誰嗎？」青年開口，他臉上沒有任何不愉快。

「呃……」把學長的名字講出來會不會不禮貌？如果這個人跟學長不熟，或是他根本不認識學長，那他會不會覺得我是來找碴的？

白流星很快想了一下，覺得還是直接問吧！反正他又不認識這人，何必在乎對方會怎麼想？

「我想找一位大四的學長，他叫安穆程，你認識他嗎？」

青年笑了。那開朗的嘴角讓白流星瞬間忘了什麼學長，只是怔怔地看著對方。

星河月下，都市的夜晚是看不到星空的，白流星卻覺得青年身上彷彿披著一片星光。那應該是路燈的光，卻讓他像配戴著銀色的髮飾，他稍微移動一下，星光就傾洩下來。配合著晚風拂面的梔子花香，讓這一個夜晚變得清涼愜意，澆熄了午後的熱浪，也平息了躁動與不安。

「我就是。」

「嗯？」白流星不懂對方的意思。

「我就是安穆程，你找我有什麼事嗎？」

「……」白流星不敢相信這世界上竟然有這麼奇妙的事。宛如命運般的好事，竟降臨到自己身上了。

他不用努力、不用拚了命地去追尋，安穆程就來到他的面前，與他奇蹟似地相遇。不，或許不能說不用努力，他也不是沒有追尋。是他主動伸出了手、抓住了對方。如果他沒有抓住的話，「命運」可能就會這麼走掉了。

「同學？」安穆程見對方還傻愣著。

白流星回過神來，「我是來跟你道謝的。」

「嗯……我有做過什麼嗎？」安穆程有些困惑，但還是面帶微笑。

「你幫我叫救護車，是你救了我。」

「……」安穆程露出驚訝的表情，他也想像不到世上竟有如此巧合，「原來是你啊！你身體好一點了嗎？不對……你怎麼會在這裡？不會是從醫院偷跑出來的吧？」

「我已經出院了。」

「這麼快？」

「對啊……醫生很厲害。」

安穆程認同地點了點頭，「現在……呃、醫學很發達。」

「嗯……」白流星也點頭。

你怎麼會想要救我？怎麼會剛好出現？白流星有很多問題想問，但此刻，他覺得自己還是保持沉默就好了。無聲勝有聲，這樣他就能抬起頭來靜靜凝視對方，也享受被對方注視的感覺。

信息素化成的翅膀好像在互相纏繞，白流星腦中冒出一個連他自己也會感到訝異的想法——如果可以跟這個人接吻就好了。

他們的視線也越來越近，好像再靠近一點、只要有個人願意先把自己的身體靠過去一點，他們的嘴唇就可以貼合在一起，恣意纏綿了。

但事實是，他們都沒有人動。兩人一時之間都不知道要說什麼，不免有些尷尬。

雖然尷尬，但他們卻在眼角餘光裡偷瞄對方，都怕對方覺得自己很奇怪，都想要留下更好的印象。

「對了——」

「那——」

他們同時出聲，又同時笑了。安穆程做了個手勢，請對方先說。

「學長，如果你有空的話，可以讓我請你喝杯咖啡嗎？」

「現在可能不太方便。」安穆程的回答讓白流星的笑容瞬間垮下，安穆程趕緊補充：「現在有點晚了，我住得比較遠，坐車要一段時間。」

「我不是說現在！以後你有空的話……」白流星趕緊澄清。

他的期待、他的失落、他很快又振作起來的樣子，安穆程都看在眼裡。

「我明天有空。」他看著白流星因為他的話，又充滿期待的目光……

「我每天都有空！」

讓他忍不住脫口而出。

但話一說出口，安穆程就後悔了。因為他看到白流星瞪大雙眼，眨了眨，一副很驚訝的樣子。安穆程不禁想，是自己太唐突了嗎？畢竟他們也不是多熟的朋友，他連對方的名字都不知道。於是他想改口，至少先知道對方的名字，但笑靨卻在白流星臉上綻放。

「真的嗎？太好了！」

白流星會驚訝的原因跟安穆程想的不一樣。白流星原以為安穆程應該連講話都會輕聲細語的，那是他對對方的想像。但在看到安穆程大聲說話的時候，他看見安穆程固執卻深邃的眼眸，他很驚訝，心裡卻十分驚喜。

「那……如果學長你明天有空的話，可以讓我請你吃頓飯嗎？」

為了掩飾快要爆炸的心跳聲，白流星笑了笑，他手足無措，手腳都不知道要擺在哪裡了——因為他其實緊張到不行，但不想讓對方發現。這是他第一次對一個男性α提出邀約，雖然不是約會什麼的……

但總括還是「約」了一個人。

法律系的同學都是α，白流星連跟他們去吃迎新餐會的機會都沒有，因為他根本就不想去。平常下課後他也不會跟同學去吃吃喝喝，總是一個人獨來獨往。

如今他開口約了一個人，已經是很大的挑戰了。但這樣的改變，他並不討厭。

「喝一杯咖啡太便宜了，你幫了我很大的忙。如果沒有你的話，不知道會變成什麼樣子……所以……才想請你吃飯……如果可以的話。」白流星附加解釋，希望不要讓對方以為他有什麼意圖。畢竟是約一個α……

安穆程悄悄勾起了嘴角，「應該是由我來買單才對。」

「啊？」白流星太沉浸在自己的思緒裡了，沒聽清楚。

「沒事。那我們換一下號碼，比較好連絡？」

「嗯！好！」白流星趕緊從背包裡找出手機，兩人不只交換了手機號碼，也加了通訊軟體的帳號。

白流星發現安穆程在通訊軟體上的頭貼是風景照，白天的銀杏樹步道，好像是在學校拍的……是從商學院出來的這條路嗎？

「你真的是商學院的學生啊……」

安穆程疑惑地笑了一下，「是啊，怎麼了嗎？」

「沒事……」白流星的通訊軟體帳號沒有設照片，因為他不知道要放什麼，也不懂那有什麼意義。他不是會隨手拍照、貼在網路上炫耀的人，他覺得那根本沒有必要。

如果不炫耀的話，只是單純留做紀念，他會拍嗎？也不會。

因為那些都是可以捨棄的。照片只要刪除就沒有了，但是用眼睛看到的東西、用腦袋記下來的東西，卻可以永遠存在。

「原來你叫白流星。」安穆程看到通訊軟體上的名字才知道，「你怎麼沒放照片呢？」

安穆程或許只是隨口一問，白流星也答得很隨性：「我長得又不好看。」

「我覺得不錯啊。」

「……」白流星愣了愣，他看到安穆程靦腆的笑容、也看到他手足無措的樣子。

「抱歉，我不是……有意的……」

「沒關係。」

不管是有意稱讚還是無意中脫口而出，安穆程的話都讓白流星聽了心裡甜甜的。

「那，明天見。」

「……」白流星點頭，安穆程快步與他擦身而過。

安穆程的背影拖著淡淡的梔子花香，白流星回頭看了很久，他從來沒有對一件事這麼期待過。那件事就是明天還能見到對方，並且，有機會更了解對方。

第五章

「……你就和解吧！」

三十歲的安穆程掛了電話，心裡浮現出一絲絲煩躁。但他很快就整理好情緒，沒有讓臉上顯露出半分破綻。

他不確定白流星能不能順利找到廁所，因而有些擔心——不，應該說，只要放白流星一個人在外面，他就是會擔心。

安穆程加快腳步，當他走回原來分開的地方時，卻沒有看到人。他拿出手機，邊走邊打開通訊軟體。白流星的通訊軟體帳號一直都沒有設頭貼，以前他還會調侃兩句，現在他已經不管這種事了，對方喜歡就好。

「找人」還是打語音通話比較快，安穆程按下撥號，但訊號還沒有接通，他就看到白流星站在不遠處的銀杏樹下。他滑掉撥號鍵，把手機收回大衣口袋，朝白流星走去。

他把手舉起來，本來想開口叫白流星的，但慢慢地，又把手放下了。他發現白流星沒有注意到他。

白流星一個人站在樹下，雙手插在外套口袋裡，一副不想要靠近任何人、也不想讓任何人靠近的模樣，他臉上沒有對這個世界的好奇與善意。看到那冷漠的神情，安穆程會想，到底是從什麼時候開始，他們的關係產生了變化？

白流星以前還會笑的，而且笑起來很可愛，還對很多事都侃侃而談，像是α或Ω的不平等之處等等，然而他現在都不笑了，也不會提起工作的事。就算工作上很多都是「調查階段不公開」的事，他沒辦法談好了，兩人平常也沒什麼話題。他們沒有共通的興趣，更沒有孩子或寵物可以每天叨念。

安穆程放慢腳步，最後停在人行道上。他遠遠望著白流星，期待對方會發現他，會轉過頭來對他揮手、給他一個微笑，如此一來，他心中的陰霾就會被吹散……

但他也知道，那是不可能的。

白流星只會盯著自己的目標，就像獵狗盯著獵物，除此之外，他不會看到其他東西。

「流星！」

安穆程把多餘的心情藏起來，面帶微笑走了過去。

白流星聽到有人在叫自己，馬上回頭，他的表情柔和了許多。

「你在看什麼？」安穆程問，他的口氣像平常一樣溫和。

「人變得好少。」白流星道。

白流星想起以前校園裡行人眾多的時候，自己也是其中一位莘莘學子。那時候，他還沒有這麼多煩惱，還覺得自己可以改變命運。

比起人多的地方，他比較喜歡人少之處。因為人多的地方，就意味著碰到信息素的機率也會變高，他能避免就盡量避免。但偶爾，他也會被人群的聲音吸引。

有時候是一群朋友們嘻嘻哈哈地講著垃圾話，有時候是孩童的天真笑語。看著那些人在陽光下享受生命與熱情，看到他們臉上的真情流露，白流星就會覺得，或許這個世界還不至於太過絕望。如今的校園卻在寧靜之餘多了分荒涼，讓他不由得心生感慨。

「疫情的關係吧？」安穆程也望了過去，雖然他不知道有什麼好看的。除了有一些大樓會拉皮改建，校園內的風景不是數十年如一日嗎？連銀杏樹每年都是長得一樣。

「國中、國小都停課了，大學也應該是用遠距上課。學校本來就是人多聚集的地方，染疫的風險也會變高。」

「你家公司還好嗎？」白流星看著遠方，沒有看著安穆程。

每當這種時候，安穆程就會很想知道白流星在想什麼。但他總覺得，是白流星不給他機會，才讓他沒辦法深入理解他。「我聽說他們都改遠距工作了，跟客戶開會也都是用視訊。有工廠的就比較麻煩，產線還是需要有人在。」

「遠距工作……世界真的要改變了。」白流星還記得自己以前總是早出晚歸，每天都有看不完的卷宗。在地檢署，卷宗都是用推車搬的，因為太多了。

如果他可以在家裡完成那些事，他跟安穆程的關係是不是會變得不一樣？還是他們依舊會有問題，因為他骨子裡就是個冷漠的人呢？白流星無法想像一個假設性的結果，但他只覺得諷刺。一場流行性傳染病，居然讓人類文明這麼不堪一擊。

「我們，規劃一場旅行吧？」

「什麼？」白流星這才看向安穆程，並懷疑自己是不是聽錯了，「這種時候你要去旅行？」

「不是現在，但疫情總會結束的。我們先規劃，之後不就可以馬上出發了嗎？」

「你怎麼知道會結束？」

「總會結束的，不可能就這樣下去。」

「……」白流星想起自己住院的經歷、想起新聞上看到的慘狀，再比對安穆程那雲淡風輕的態度，彷彿對他人的苦痛視若無睹，就像夢裡的梅菲斯一樣冷酷。

確診數不斷創新高，醫院急診室都是爆滿的。醫護人員人力吃緊，才有MS藥廠這類的大公司出來捐物資，順便刷一波企業形象。他看不到疫情有結束的一天，他看到的全都是越來越糟糕的數據和新聞畫面。

「因為你是α，你不會染疫，才說得出那種話嗎？」

「α不是不會染疫，是比例——」

「這種時候你居然想著要去旅行？你瘋了嗎？」白流星壓抑不住內心的煩躁，但安穆程卻仍十分冷靜。

「我不是現在要去旅行，你的病才剛好，我是能去哪裡？」安穆程耐心解釋，「我說不可能就這樣下去，是因為疫情一定會影響到經濟，政府不會放任不管，商人也會考慮這中間有沒有什麼有利可圖的地方。病毒會變異，病毒想讓自己存活得久一點、擴散得多一點，致死率就會下降。到時候致死率下降了，輕症的人多了，大家就不會那麼害怕了。」

「……」白流星啞口無言，他滿腦子都是新聞裡的恐怖畫面，那些當下正在發生的事讓他太害怕了，以致於無暇顧及以後的事。但安穆程看到的卻是未來，而且這些未來並非他空穴來風的猜想，而是同樣建立在人性邏輯與數據上。

「人類沒有辦法不賺錢。那些有利可圖的人先不說，普通人怎麼辦？所以，經濟一定會回到之前的樣子，世界一定會變回原樣。不可能一直這樣下去的。」

「……」

或許白流星的內心存在著對安穆程的偏見。他認為安穆程沒有在家族企業任職、沒有在外面上班工作過，是不會了解那麼多的。但沒有去了解的人其實是白流星自己。安穆程沒有參與家族企業，那他就只是個單純的家庭主夫嗎？除了做家事、做飯的時間，他還會做什麼？白流星發現自己並不清楚，以前還對此漠不關心。

「我們已經在研發疫苗了。」安穆程從始至終都是平淡的口吻，彷彿在敘述一件與他無關的事，「研究人員二十四小時輪班，目前已經取得初步的成果。」

這可是內幕中的內幕！

「未來一定還會死很多人，疫情一定還會持續，但我們最終一定會獲勝。」

「你好有自信啊……」白流星說得有些心虛。

「我不是研究員，我不懂他們是怎麼做到的。但我知道一件事，就是我們人類一定不會放任一個無法控制的東西，讓它恣意發展下去。病毒就是一個例子。」

「……」白流星想起自己查到的資訊。安穆程雖然沒有在ＭＳ藥廠任職，但他是家族企業的持股成員之一，是有登記在名冊上的大股東。

他在書房裡找到的ＭＳ藥廠持股證明，除了安穆程的以外……他發現自己也有。

他，白流星，也持有ＭＳ藥廠的股票。但他完全不記得自己有買過股票！

他不懂投資理財，平常根本不會去研究這些，那他是怎麼成為ＭＳ藥廠的股東的？

染疫的人數每天都創新高，醫院急診室都是爆滿的，新聞報導都跟疫情有關，街上的死寂彷彿預視了不好的未來，但偏偏有人想的不一樣。

「如果疫苗研發成功，你們公司應該可以賺進不少錢吧？」這是白流星用常理推斷出來的結果。

「當然。」

「最終還是跟錢有關嗎？」

「不然……難道要毫無作為嗎？」

「……」想想也是，醫藥公司有能力研發卻不研發，那也太奇怪了。

安穆程大概是不想繼續這個話題了，驀地一笑，話鋒一轉：「我們去吃點東西好不好？我有點餓了。」

「我不餓。」

「我們去吃點東西吧！找個地方坐下。」安穆程牽起白流星的手，但白流星卻忽然甩開他。

「你都決定好了為什麼還要問我？」

「流星？」安穆程一臉困惑，「你在生什麼氣？」

——只有你的「要」才是要嗎？我不喜歡你已經決定好了，還來問我！

——我不喜歡你沒有發現我在想什麼……

白流星說不出口，因為他在安穆程眼裡看到了對自己的同情。安穆程把他當成病人、覺得他的脾氣與歇斯底里，都是記憶錯亂或身體不適造成的，那讓安穆程根本不會去思考他在氣什麼。兩人沒有站在同一條線上，安穆程不會理解他。那種不被理解的感覺，是沒有盡頭的悲傷，但這種不被了解的感覺，安穆程是不是也曾有過呢？

——是我造成的嗎？

一想到此，白流星就紅了眼眶。

「流星……」

安穆程雖然不知道白流星在想什麼，但看到他一副快哭出來的樣子，還是拍拍白流星的背和手臂，將他擁入懷裡。「沒事，沒事的……」

——到底是什麼沒事？

白流星不禁想，他們現在這樣叫做沒事嗎？自己這副半死不活的模樣叫做沒事嗎？自己什麼都要別人擔心、安穆程處處對他小心翼翼的……好像把他當成一個沒有行為能力的人，自己這麼不像自己，這叫做沒事嗎？

他們的感情有好多條裂縫，不好的回憶都多到要把好的回憶掩蓋過去了，這段婚姻就剩下沒有離婚而已，這樣還叫做沒事嗎？

「穆程，我們這樣繼續下去，真的可以嗎？」

「……沒事的，流星。」安穆程遲疑了一會兒，卻只說了這句，「我在你身邊。」

那句話像魔咒一般，讓白流星的淚水又吞了回去。不被理解也無所謂，兩個人的心沒

有契合在一起也沒有關係，因為白流星可以感覺到，自己的身體正在渴望這個男人。

那不是被信息素影響——就算他已經在安穆程懷裡了，他還是聞不到安穆程的信息素，他連衣服上有什麼味道都聞不到了。那是肢體記憶，「它」熟悉這個男人，「它」會對擁抱做出回應。

於是，白流星抓住了安穆程的背，不然他不知道自己能抓住什麼東西了。

✻

首府大學內有一間很有名的咖啡廳，靠近法學院。不只學生，校外的居民和觀光客也很喜歡來光顧，白流星念書的時候它已經開了二十多年，如今的老闆是當年老闆的兒子。二代接班，但手藝不變。

店內裝潢都保留著三十年前的樣子，給客人使用的杯盤都是古董。手沖咖啡的價格不便宜，用機器沖出來的就比較平價，天氣熱的時候還有賣冰品，很受學生歡迎。

這間咖啡廳有個很普通的名字，叫「咖啡小屋」。

安穆程帶白流走過來的時候，白流星想起自己以前也常到這裡買咖啡。

店外貼著禁止發燒或身體不適者入內的告示，進店以前要量體溫、噴酒精，以前生意很好的時候，雇了很多打工的學生，但現在只有老闆和老闆娘顧店。

白流星和安穆程坐在靠窗的座位，店內只有他們一組客人。

「你要吃什麼？」安穆程把菜單橫擺在兩人中間。

白流星只瞥了一眼，「一杯咖啡就好。」

「我有點餓了，點個三明治好了。」安穆程起身去櫃檯點餐，他順手把大衣外套脫下來，放在旁邊的椅子上。

白流星看著安穆程走到櫃檯，老闆和老闆娘都戴著口罩。白流星對現任老闆的印象不深，因為自從畢業後，他就沒有再走進校園了。

嗡——嗡——

忽然，白流星聽到手機的震動聲，是從安穆程的大衣裡傳來的。

這種時候該怎麼辦？不要管它？還是幫對方接電話？他跟安穆程是可以幫對方接電話的關係嗎？

白流星疑惑之餘，又多了些不安。但他又覺得自己這樣很奇怪，兩人都結婚兩年了，早就應該像個家人了。如果是家人的話，可以幫對方接這通電話嗎？白流星腦子裡忽然想起先前看到的婚禮照片。

安穆程有很多他不認識的朋友……但安穆程對自己的態度……那執著的樣子，又堅持不會離婚，所以應該是不會有其他超越朋友關係的對象存在吧？

白流星歸咎是自己想太多，自己不該像個時刻都要查勤的恐怖情人。反正安穆程也說，他以前都不會問他要去哪裡，那自然應該也不會過問是誰打過來的。

手機震動聲停了，安穆程剛好回來。「餐點都要等一下，他們早上都沒客人，現在才要煮熱水。」

「嗯。」白流星隨口應答，等倒是無所謂，「……穆程，你剛剛有電話。」

安穆程拿出手機查看，「喔，不重要。」他把手機放在桌上，「流星，你記得以前我們常來這裡約會嗎？」

白流星記起了一部分，因此，他反而不清楚自己不記得的還有多少。

安穆程說完，自己無奈地笑了一下，「畢竟是那麼久以前的事了，你現在是這個狀況，生病前又那麼忙，不記得也很正常吧。」

嗡——嗡——

震動聲響起，兩人都以為是取餐的叫號器，但叫號器沒亮，是安穆程的手機在響。安穆程拿起手機，看了一眼就滑動掛掉。然而他才剛把手機放下，震動聲就又響起，他臉上浮現出一絲煩躁。

「不用接嗎？」白流星問。

「不重要。」安穆程還是這麼說。

「連續打那麼多通，對方應該是急著找你吧？」

安穆程嘆了一口氣，「我去接一下。」他起身離開座位，走出咖啡小屋。

白流星想起以前跟「學長」一起喝咖啡的時候，自己心中那怦通怦通跳的喜悅，好像連咖啡都是甜的……

✽

——真的是甜的！

二十歲的白流星拿著外帶咖啡，才剛喝了一口，就被甜到想吐！

不過他還是硬吞了下去，「學長」就走在旁邊，他可不想在這時候出糗。

雖然兩人只有口頭上約定過，但白流星還是期待了一整晚。他不斷告訴自己，即使安穆程沒有先發訊息來也沒關係，自己過幾天再問學長什麼時候有空就好。沒想到早上的課結束後，他就收到安穆程的訊息了。

安穆程說要跟同學討論小組報告，兩人不能一起吃午餐了，但他下午的課沒有那麼早開始，所以可以約午飯後的時間，那對白流星來說也很足夠了。他們到咖啡小屋外帶咖啡，白流星本來要請客的，安穆程卻先拿出了自己的信用卡。
「唔！」
安穆程才剛喝一口，就苦到臉色發紫，一副巴不得吐出來的樣子。
但是真的吐就太難看了，他還是把苦到發酸的黑咖啡給嚥了下去。
「抱歉，我拿錯了……」他摀著嘴巴說話。
外帶杯上沒有貼印有品項的標籤紙，每杯都長得一樣，有時候老闆會手寫做記號，有時候只有在取餐的時候會告訴客人哪一杯是哪一杯。
取餐時是安穆程去取的，他沒有注意到杯子上有沒有做記號，也有可能是老闆跟他講哪一杯是哪一杯的時候，他聽錯或記錯了。
「抱歉……」白流星點的是不加糖和奶精的黑咖啡，苦到他喝不下去，「要回去換嗎？」
「……」白流星沒想到安穆程點的咖啡會這麼甜，到底有誰會喝甜的咖啡？這跟安穆程給他的印象不太符合，所以他正在困惑中。
「我加了雙份的焦糖。」安穆程拿走白流星手裡的紙杯，喝了一口來覆蓋嘴裡的苦味。
白流星心想，這就是所謂的間接接吻嗎？

安穆程看白流星一直盯著紙杯，本來不尷尬的，現在都尷尬起來了。他注意到前面有個垃圾桶，便拿著白流星喝過的紙杯，就要走過去扔，但白流星又一步拉住他的手臂，讓他不得不停下來。

「我不介意……」白流星不知道自己羞紅了臉，他的聲音必須很仔細聽才能聽見。

安穆程卻注意到了那宛如桃花盛開的容顏，「……你不介意的話，我也不介意。」

白流星拿回裝黑咖啡的紙杯，當著安穆程的面喝了一口，他卻意外發現，已經喝慣了的口味，好像不似平常那麼苦了。

兩人沿著銀杏樹的步道走，漫無目的，卻也不刻意過問去處。

午後的時光讓人昏昏欲睡，有一杯咖啡醒腦極為恰當，可白流星喝著喝著卻發現，不知道是不是今天的咖啡因比較濃，害他的心臟怦通怦通地跳。

他昨天晚上就沒有睡好，「期待了一整晚」，其實就是在胡思亂想。想像跟學長一起在校園裡散步，不曉得學長會跟他聊什麼、兩人有沒有話聊。想知道學長是個什麼樣的人，不確定兩人是不是只是萍水相逢。

期待，卻又充滿了不安。

這種感覺對白流星來說是很陌生的，他也意外發現，自己竟成了自己羨慕的那一群。他喜歡獨處，但這不代表他就只想要獨處。有時候看到成群結隊的朋友、或成雙成對的情侶，他也會多瞟一眼，心生羨慕。
自己現在這樣，是不是也像在「享受生命」呢？
當有一片銀杏葉落到頭上，學長替他拿下來的時候，白流星忽然覺得好滿足。
安穆程隨手就將樹葉丟了，並意識到自己的行為好像超越了某條界線，他禮貌性地微微一笑，心裡卻緊張地打顫，「……抱歉。」
「為什麼要道歉？」
「希望你不會覺得，我是意有所圖。」
「我覺得……那也沒關係……」白流星的雙手緊張地顫抖，如果不是握著咖啡杯，顫抖的模樣會更明顯。他擔心如果被學長發現了怎麼辦，學長會不會覺得他是一個很奇怪的人？他真的可以這麼做嗎？可以表達出自己內心的想法，不會讓別人覺得奇怪或噁心嗎？
他很不安，且不曉得自己的臉變得更紅了。他也不知道自己臉紅又微微顫抖的模樣，看在對方眼裡，像一個暗示對方可以進攻的信號。
他聞到了梔子花的香味，聽到學長輕輕說了聲「抱歉」。他抬起頭望向安穆程，發現安穆程的臉也是紅的。安穆程困窘地想抬手遮住自己的臉，但信息素是無所遁形的，不是他遮著臉，味道就會消失。
「抱歉，我平常不會這樣的。你還是……先不要跟我走得太近。」說完，安穆程快步走往另一個方向。

白流星被留在原地，十分錯愕。「學長！」他追過去，拉住了安穆程的手臂。

「學長，你要丟下我嗎？」白流星的眉頭都垮下來了，一張小臉蛋既難過又有一點生氣，那讓安穆程覺得他很可愛。

「抱歉，可能是我昨天太晚睡了，信息素的控制才會出問題，我怕影響到你……」

「我沒事。」白流星懸著的一顆心終於放下，學長不是因為討厭他或覺得他奇怪才離開的。「我的發情期才剛過，不會那麼快就來的！啊……」

才剛說完，白流星就後悔了。

對一個才剛認識不久的α談發情期什麼的……

發情期是一種涉及隱私的事，除非真的是很親近的朋友，否則在公開場合下，公開談論發情期就像把保險套當眾拿出來，總是會讓人尷尬。

「抱歉……」白流星的手還沒放開，但他不敢正視安穆程，「我的意思是……只是聞到一點點，我不會有事的！我沒有那麼脆弱……而且，別人的信息素我也沒有辦法能一直避開，這我早就有心理準備了。」

「……」安穆程看著白流星，雖沒說什麼，但他臉上卻不禁流露出心疼。

「我對這種事當然是很小心的！該避的我一定會避開，如果避不了，那我一定會先好好吃過抑制劑。我雖然是一個Ω，身為Ω很麻煩，但那不代表我就得放棄人生中的機會……」

——是認識你的機會、和你相處的機會，以及享受生命的機會……

白流星鼓起勇氣望向安穆程，看到安穆程有些愣住、又有些詫異的目光。他不知道安穆程為什麼會那樣看他，但那並非排斥或厭惡的目光，那就足夠了。

「學長，我真的沒事。」白流星鬆開了手，對安穆程露出微笑。

可以跟學長一起喝咖啡散步的時光，多棒啊！如果就因為他是個Ω，就單單是這個原因，而不能跟學長走在一起的話，那他會恨自己的Ω身分一輩子的。

想通了之後，白流星發現自己沒那麼緊張了。他不知道自己為什麼被這名青年吸引，可能安穆程本身就是個條件很好的人，安穆程有個好學歷，而他喜歡頭腦好的人。也可能是安穆程的說話方式和態度，讓他覺得很舒服，想要繼續相處下去。總之，他察覺到了，那就是心動的滋味。

「現在應該沒有味道了吧？」安穆程開口。

「喔，對……」白流星這才發現，梔子花香不見了。他在這麼短的時間內，就控制住自己的信息素了嗎？不愧是菁英α……

白流星忽然覺得有點可惜，因為那味道很好聞，但這種話還是先不要說好了。

「剛剛，我們講到一半……我真的可以對你意有所圖嗎？」

「咦……」難道學長是因為想到了我……

白流星有些訝異，他沒想到學長會有那樣的想法，也偷偷地覺得很開心。

「嗯，嗯……」白流星點點頭，他害羞到都想挖個地洞，把自己的頭埋進去了。

沒想到才講不到兩句話，心臟就又在怦通亂跳，手也興奮地發抖……

該不會是咖啡喝太多了吧？這樣子，以後還要怎麼邊喝咖啡邊散步啊？

——以後？

——我現在就在想以後了嗎？學長都還沒同意……

「那，從下次開始，我約你出來，就算是約會了嗎？」

「嗯！嗯！」白流星馬上答應。但答應得太快，他自己都覺得很難為情。

安穆程卻笑了，「太好了，我還擔心你會拒絕我。」

「你怎麼會擔心那種事？」一個條件很好的α應該是邀約不斷的吧……

「因為你才發生過那種事，我怕你會覺得α都是個混蛋。」

「哈哈。」白流星輕輕笑了，沒有正面回答。對一個Ω來說，這個問題也太難回答了吧？「對了，我還沒問你，那天……你人怎麼會在那裡？你不是商學院的學生嗎？怎麼會出現在法律系的大樓？」

「我去上課。課還沒開始，就遇到你了。」
「什麼課？」
「藥事法與醫藥人員倫理。」
「嗯？嗯？」白流星的腦筋瞬間打結，「你為什麼要去修那種課？那門課……不好過耶！」
「我家是從事相關行業的，所以就……想試試看。」安穆程說得很委婉。
白流星的好奇心卻被提上來了，「你爸媽都是律師嗎？」
「不是，他們經營醫藥公司，所以我從小就知道，遇到Ω急性發作時該怎麼辦。」
「是叫救護車，不是逼他們叫得更大聲。」
「哈哈！」安穆程笑出聲，「那是犯法的吧？就算我不是法律系的，那種常識我也知道。」
「……」白流星想起自己一度想要把門打開。
他明明已經躲好了，理智上也很清楚這種時候應該要避開α，但是當那個人的腳步聲響起、他沉穩的聲音和隱隱約約的信息素，卻讓身體深處騷動不已。
原來那個人就是安穆程，原來就是他的梔子花香，讓自己陷入發情症狀的時候，去真正渴望一個α。

「你這樣的α可不多見。」白流星指的當然是對方的善行。

安穆程莞爾，「我覺得不管α、Ω都是一樣的，都是人生父母養的。」

「……」簡單的一句話，卻讓白流星的內心被觸動到了。一個能對Ω說出這種話的人，並不多見。「如果像你這樣的人能再多一點就好了。」

「我可不希望再多一點。」

安穆程的聲音聽起來有些高傲，那讓白流星收起笑容，臉上出現了些疑惑。

「為什麼？」

「因為那樣，你就不會覺得我很特別了。」

「……」當白流星望向安穆程的時候，他才發現自己的猜想是錯的。安穆程不僅沒有露出高傲的神情，反而是回過頭來，對他露出慧黠的微笑。他頓時明白，原來這男人還會耍小心機啊。他還以為學長有多正派呢……

白流星噗嗤一笑，他不知道，他的笑容看在安穆程眼裡有多可愛。

「我覺得……你很特別啊。」他笑得露出了一口白牙，他都記不起來自己有多久沒有這樣笑過了。

生活和學業把他壓成了另一種樣貌，對未來的期許，與督促自己不能停下的聲音鞭策著他，但安穆程讓一切都靜止了。白流星可以不再去想那些，他光是看著學長的臉，內心就洋溢著喜悅。

「你也是。」安穆程臉上也有止不住的笑容，不過他為了不讓自己看起來過於失態，便故意克制著，至少不讓嘴角上揚的弧度太過明顯，「你也很特別。我很佩服你。」

「啊？」白流星眨了眨眼。

「就算遇到一群發狂的α，他們要把廁所門撬開也要一段時間，你選的地點很正確——抱歉，我表達得不太妥當，那對你來說應該是很不想去回憶的事。」

「嗯，沒關係。」

「可是你下次還是要小心一點。我知道Ω有很多不方便的地方……」

「我不是週期沒算好。」笑容瞬間從白流星臉上消失。他沒有猶豫很久，就決定說出口：「是有人針對我散發信息素，蓄意誘導我。」

「你有跟學校反應嗎？」

「沒有……」

或許對方有什麼難言之隱，安穆程不敢問得太深入。

「教室裡沒有監視器，當時也沒有別的證人。我如果站出來舉報他，他只要說是我先引誘他的，輿論就不會站在我這邊。我不想打沒有勝算的仗。」

「你不是有送醫記錄嗎？」

「那還不夠當作證據，送醫記錄無法載明是什麼原因發情的。當時……我確實發情期快要來了。」講這種話很難為情，但白流星認為這是最簡單的方式了。他想讓安穆程知道，這不是他的錯。

「Ω真的很辛苦。」安穆程只能聊表安慰。「對了，我突然想到……呃，我沒有要冒犯你的意思，但是，你對抑制劑的臨床試驗有興趣嗎？」

「那是……？」

安穆程解釋：「做實驗的人不是我，是……我知道一個能讓Ω免費取得抑制劑的方法，只要按時服藥、配合身體檢查和訪談就可以了。藥也不是來路不明的藥，是ＭＳ藥廠針對Ω發情症狀研發的抑制劑。藥已經登記上市了，試驗計畫也取得政府核准和經費補助，目前在以教學醫院為主的大醫院做第四期試驗。」

「ＭＳ藥廠……」白流星好像有點印象。

「嗯，你有興趣嗎？」

「ＭＳ藥廠跟你是什麼關係？為什麼你會有這種資訊？」

「喔……我爸媽是ＭＳ藥廠的經營者。正確來說，是由我爸媽和叔叔、姑姑共同經營的。」

「……」白流星想起了系辦同學的話，原來不是空穴來風！

「我偶爾會看一下他們的產品。像這次做Ω的抑制劑，就是基於上一代產品的改良，把副作用降低、藥效拉長──啊，你不要誤會，臨床測試不會很恐怖的，是由醫生診斷，在教學醫院優先投放的新藥。」

「是……自費的嗎？」

「這個藥目前沒有健保給付，但是加入臨床測試的個案，不需要負擔藥費，還會給予營養費。」

白流星不禁想，這跟急診室主任說的該不會是同一件吧？他拿了資料回家，但回家後就放到一邊了，沒把這件事放在心上。

平常需要抑制劑的時候，白流星就會去診所拿藥。一來定期吃的話，還是有效的，二來是藥物的來源有保障，而且有健保，能負擔絕大部分的藥費。在住院事件之前，他都不知道早就有副作用低、時效長，像仙丹一樣「妙手回春」的抑制劑了，只是要自費。

「如果我有興趣的話，要跟誰連絡？」

「跟我！」

「……」白流星眨了眨眼，有些不解，「你不是研究員吧？」

「呃……」安穆程馬上就對自己不經大腦的話而後悔，「我可以當中間人，當你們之間連絡的橋梁……」

「……」白流星挑眉，不怎麼相信。

「我回去後把資料傳給你，你跟我連絡就好，我會叫專人過去跟你說明。」

「如果我之後都跟你定期連絡的話，你不就知道我的身體狀況了嗎？」

「……」安穆程的臉倏地紅了。

白流星沒料到安穆程會是這種反應，好像變成是他在調戲學長，「不、不是嗎？我就要向你匯報發情期什麼時候來，然後……」白流星趕緊住嘴。

他本來只是想解釋實際上會遇到的困難，但一個Ω跟一個α說自己發情期什麼時候來、現在有多躁熱多飢渴，這好像……有點不妙啊！

「對不起，學長，你當作沒聽見——」

「不能讓我知道嗎？」強烈的話語卻帶著輕輕的觸碰……

「我才能關心你，流星。」

安穆程的手指碰到了白流星的手背，皮膚與皮膚的接觸面積就那麼小小一塊而已，白流星卻覺得自己的手變得好燙。

從這一刻起，他知道自己的人生要變得不一樣了。

第六章

認識學長快一個月了，白流星每天都帶著笑容入眠，這是一種前所未有的感受。

他終於了解為什麼世人會歌頌愛情，為什麼人們會為感情煩惱，好像大家都缺它不可。明明沒有它也可以好好活著，它並不是生活中的必需品，卻可以為生命帶來調劑，甚至給予一個強烈的目標，讓人們為此努力下去。

但談一段感情，也是有風險的。一旦嘗到了它帶來的快樂，將欲罷不能。如果失去了它，那種快樂的感覺消退了，換來的將是如墜深淵般的無盡絕望。

即便如此，人們還是樂此不疲，每個人都依然在追尋愛情。

白流星終於可以理解，「只能意會，無法言談」到底是什麼感覺。

即使一本書裡寫了很多關於感情的敘述或形容——像是，心頭小鹿亂撞。光是看文字或聽人述說，還是很難體會，甚至會覺得書上寫的都是無病呻吟、為賦新詞強說愁。

如今體會過一次，白流星才發現自己以前活得真不像個人。

他都不知道自己是怎麼撐過來的，但還好撐過來了。還好，他到了充滿菁英α的環境，才有機會遇見安穆程。

他同意了MS藥廠的臨床試驗計畫。

告訴安穆程他的決定後，兩人就約在教學醫院見面，就是白流星先前送醫的那間。教學醫院是醫院裡面層級最高的，擁有超一流的菁英，在裡面任職的醫生同時也是教授。他們除了一般看診、做手術之外，也會研究新的醫療方式，臨床試驗也是研究的項目之一。

那天，白流星被帶去做了身體檢查後，就跟安穆程分開了。之後他被帶到一間小會議室，裡面坐著一位律師、醫師，一位MS藥廠的代表、還有一個人負責錄影，桌上已經擺著要簽署的文件。白流星坐下來，面對這麼多人同時盯著他，不免有點緊張。

這時，他還只是個二十歲的大學生，面對一群不知道闖蕩社會多少年的老江湖，他有一種被赤裸審視的感覺——尤其是這些人手上還有他的身體檢查報告，上面有上一次發情期的日期和平均持續時間。

解說由MS藥廠的代表負責。他針對合約和注意事項一條條解釋，非常有耐心，講的內容也都很容易理解，讓白流星慢慢放下了緊張感。

白流星正在就讀法律系，閱讀合約對他來說並不困難，但他也很有耐心地聽對方講完，之後又問了幾個問題。讓他有點好奇的是，為什麼安穆程只能在外面等？

「喔，因為他不是在職員工，也沒有在整個測試計畫的人員名單裡，基於保密原則，他不適合在場。不過如果有什麼問題，你都可以跟他反應。」

白流星有點意外，沒想到安穆程這麼尊重公司的作法。以安穆程的身分，他想要插手任何事應該都很簡單，雖然這可能會為員工帶來困擾。

「我知道了。」白流星簽下了自己的名字。

合約一式三份，一份白流星拿走，一份交給ＭＳ藥廠，一份由律師事務所保管。

白流星一共拿到兩種藥。一種是每天按時服用，能穩定自身的信息素，讓他白天時不容易受到他人信息素的影響。一種是急性發作的時候用的。

前者照理說就能緩解發情期的不適了，只要每天固定吃，發情期來的時候就不會那麼難受。但有鑑於之前的事件、加上白流星自身對信息素的控制度不佳，他還是拿到了強效的抑制劑。

藥袋上印有警語：**施打間隔請勿短於六小時**。

有藥在手，白流星有一種裝備備齊的感覺。離開小會議室後，他馬上配著醫院飲水機的水吞了一顆。抑制劑做成錠型，小小一顆，比小拇指的指甲還小。白流星很難想像這麼小的一顆藥丸，就能維持一整天的藥效，只能說人類的科學就是不斷在進步。

「他們沒有為難你吧？」安穆程看白流星吃完藥，便領著他往大門的方向走。

「沒有。」白流星覺得是學長想太多了，「他們怎麼會為難我呢？」

「沒有就好。」

事後，白流星才知道，藥廠開抑制劑的臨床試驗已經不是頭一遭了。網路上有人匿名爆料，曾經有Ω拿了藥就不見了人影，導致藥廠向醫生求償藥費，醫生也覺得很倒楣，當初是看Ω生活條件不好才提供這個管道的，最後卻得賠錢消災。

確實，這個世界上有很多生活在底層的Ω，他們可能連健保費都繳不起，或因為其他因素，陷入身分證件無法使用的狀態，導致他們連醫生都看不得。這時候，他們就會尋求來路不明的管道。像網路上就有很多在賣抑制劑的不法廠商，將藥劑包裝成糖果、茶包、健康食品來規避廣告稽查。由於這些抑制劑來路不明，吃了很有可能導致副作用或不孕。

白流星的生活品質還算好，雖然沒有到大富大貴，有時候也很辛苦，但至少還看得起醫生。因此他有時候會想，自己是不是能為他們做些什麼呢？

在力所能及之處……

✽

新藥吃了一個月了，白流星都沒有感受到任何副作用，發情期來的那天，他在意外之餘，竟發現自己有點失望。

每一次發情期對藥廠來說都是一個測試，究竟這款藥能不能幫助Ω度過發情期？這就是MS藥廠測試的重點。白流星最近幾天都跟藥廠派來的代表密切連絡，沒有聯繫安穆程，那讓安穆程第一次在手機訊息裡表現出了失落感。

『有不舒服要馬上告訴我。』

『我沒事。』白流星附上一個可愛的貓頭鷹貼圖。

為什麼不是跟安穆程連絡，而是跟藥廠代表連絡？因為人家才是懂臨床試驗的人，也承諾了如果有出什麼狀況，會將白流星緊急送醫，並承擔醫藥費。

還有……白流星不想讓學長知道，自己現在是不是心頭怦怦跳、是不是躁熱難耐。他都快要分不出究竟是被哪個該死的α影響、還是發情期快要來了……總之，每次想起安穆程，他就覺得胸中有一股難以形容的悸動。

白流星算準了發情期的日子，請好了假待在家，但是……什麼都沒發生。

發情期來的第一天，他躺在床上看著天花板發呆……

來了嗎？還是沒來？也可能推遲了。畢竟上次因為送急診的關係，早來早走，說不定週期因此出現了變化。白流星馬上連絡藥廠代表，代表建議如果可以出門的話，就去醫院一趟，不行的話就明天再去，白流星便立刻趕往醫院。

做過抽血檢查後，證實了他正處於發情期的當下，白流星卻沒有感覺到任何的不適，他可以像個正常人一樣，外出行走。這只有一個合理的解釋——抑制藥很有效。

新藥成功把發情期的症狀都控制住了，但為什麼，他心裡卻感到有些空洞呢？

難道Ω天生就一定要被什麼東西填滿嗎？

白流星在回家的路上渾渾噩噩地想著，這時忽然接到安穆程的來電。

『我聽說你去看醫生了，你還好嗎？』學長的聲音很著急，大概是藥廠代表向他報告了。

『流星！』安穆程容不得一刻的遲疑。

「我剛剛做過檢查了，沒……」

聽到安穆程的聲音，白流星赫然感覺到自己的底褲有些被潤溼了，蜜穴正在泌出水來。

「沒事！」他掛斷手機，加快腳步，這點不算什麼，他還走得動。

走著走著，躁熱感沒有如期而至，反而慢慢平息，下體的溼潤感也慢慢消失了。白流星腦中又冒出先前的疑惑——那種空洞感又回來了，這樣真的好嗎？

❁

『流星？你今天有來學校嗎？』

一接起安穆程的電話，白流星在迷迷糊糊間，聽到焦急的口吻。

『你早上不是有課嗎？我去班上找你，同學都說沒看到你！』

「喔……」白流星看了一下手機螢幕，這才發現自己居然睡到中午了。

『你還在睡嗎？抱歉吵醒你了……只是……你都沒有回我訊息……』安穆程聽到剛睡醒的鼻音，從急切變成了難堪，『抱歉，你繼續睡吧……』

「嗯……」白流星躺在床上，能感覺到自己的身體變得跟平常不太一樣，「……我想見你……」

『嗯？』白流星的聲音都糊成一團了，安穆程沒聽清楚。

白流星張開一雙迷濛的眼，吐出一口熾熱的氣息。他抓著胸口，感受到自己的心臟跳得飛快，「我……有點不舒服……」

『還好嗎？』

安穆程的聲音讓白流星覺得身體好像越來越熱了……

「我……我不知道……」白流星踢掉棉被，手伸進睡褲裡。當他把手從褲子底下伸出來的時候，指頭與指頭之間牽連著黏稠的銀絲，他不知道多久沒有看過自己這副模樣了。

今天是發情期的第一天，昨天晚上他沒有吃藥。

他平常都對日期很敏感，明明也知道自己發情期要來了，他卻不想吃藥。

「我不想要一個人待著。」白流星的聲音沙啞，聽起來卻格外有魅力。

『你感冒了嗎？』安穆程問。

「你要不要過來陪我？」

安穆程笑了一下，還沒有察覺到白流星的異樣，『好啊，我帶東西去陪陪你，想吃什麼？要不要我買一些甜點過去？』

「都可以……」白流星沒有心思想那些了，他想放進嘴裡的只有——

⁂

安穆程站在白流星租屋處的大門前，手上提著超市的購物袋。

按門鈴之前，他內心有一股不安的感覺。

他每天都很期待見到白流星。

白流星長得很可愛，個性也還算可以。雖然不說話的時候，會讓人不知道他在想什麼，但那種高冷的氣質也是一種魅力，他不介意。

他很享受和白流星一起度過的時光，他們就算沒有在學校見面，也會互相打電話或傳訊息。如果沒有收到白流星的消息，他就會惶恐不安。好在，那種感覺總是能在一天之內消弭，因為白流星總是很快就會回他。

既然那麼想見到白流星，自己還在門前猶豫什麼呢？

叮咚——

安穆程的手最終還是按下了電鈴，但他卻隱隱覺得門後好像藏著什麼洪水猛獸，會在開門的那一瞬間撲向他。

先是開電子鎖的聲音響起，接著大門就打開了。白流星披著一條毯子當作披肩，淚眼婆娑的模樣讓安穆程瞬間愣住。

「你、你怎麼了？」

白流星雙手拽住安穆程的大衣領子，將人壓在牆上。大門在白流星背後關上，購物袋掉落在地。

撲向安穆程的是一個溼熱的吻，混合著唾液與信息素的香味，衝擊著感官與每一條神經。信息素所帶來的刺激不只是嗅覺，它更像是利用嗅覺引誘、將信號傳回大腦，大腦掌管全身，刺激因此擴散全身。

「你終於來了……」

白流星為了將安穆程拽到自己面前，放開了裹著的毯子，露出一絲不掛的胴體。

他的肌膚光滑如雪，白裡透紅，他的嘴唇、肩膀更是紅得豔麗。那如玫瑰花般的唇瓣，彷彿才剛承接過清晨的雨露，變得嬌豔欲滴。或許從那裡分泌出的露汁也會是甜的，讓人想要一口咬上去。

他的脖子也在泛紅，似乎是因為情緒激動的關係，血液都湧上來了，匯聚到胸口。他的胸口劇烈起伏，還沒有被撫摸過的乳頭悄悄站立，像兩顆引誘旅人採摘的野果。

安穆程的視線往下一瞥，很快又回到了白流星臉上。他發現自己的唾液在分泌，即使知道那不是該咬下去的東西，但他卻像餓了很久的旅人，在看到前方有一片果園後，還沒享用到果子，就先流口水了。

「流星……你……你知道你自己……在做什麼嗎？」他必須歷經艱難才能擠出這幾個字。

「我知道你來了。」白流星低聲呢喃，他的聲音卻像從遙遠的地方傳來，灌入安穆程的耳膜裡，讓他覺得腦袋裡嗡嗡作響。

「啊……！」他必須很努力保持清醒……他必須很努力才能抗拒！

當白流星的手指撫摸著他的臉龐時，抗拒不去把白流星的手放入嘴裡啃咬。

「我等你很久了，你怎麼現在才來？你不想我嗎？不要我了嗎？」

「流星……你……你的神智還清楚嗎……？」

「我怎麼會不清楚？我很清楚知道自己是個什麼樣的人，我知道我的身體狀況，不會連健康管理都做不好！」白流星睜著眼睛說瞎話，安穆程卻冷汗淋漓，他可以感覺到自己的褲檔正在膨脹。究竟是因為信息素、還是因為白流星的裸體，或是兩者皆是……他已經搞不清楚了。

他承認自己正在被這個人吸引，只要白流星說一聲，他就會如飛蛾撲火。

「流……流星……」

「我知道你也想要。」白流星的口氣出奇地沉穩，彷彿他還游刃有餘。

白流星一手放在安穆程的肩膀上，另一手卻伸到男人的胯下，貼在隆起的部位上。

安穆程呼出的氣息越發沉重，信息素引起的興奮讓他起了雞皮疙瘩，連後腦都一陣酥麻。他忍住牙關的打顫，雙手抓住白流星的臂膀。

「你……怎麼沒帶防咬圈……」

「我為什麼要戴？」

「去……把防咬圈戴上……！」

「為什麼啊？」白流星的聲音聽起來很奇怪。

安穆程直視白流星的雙眼，忽然就清醒了。他發現白流星的眼神單純得可怕，像一個還沒有被灌輸知識的孩童，還沒有隱私的觀念，不知道要保護自己的身體。

那不是白流星平常的樣子。

欲火與冰冷的理智互相折磨，最後會由哪一方獲勝？安穆程不知道，但他此時確定了一件事，那就是白流星已經被他自己的信息素控制住，變成一個依循本能的惡魔。

惡魔會化作很多種形象，變成人心裡最脆弱的那一塊，也會把白流星變得像呼喚水手的海妖，那只是美麗的海市蜃樓。

「你說啊，我為什麼要戴？」白流星的每一句話都像一個吻，落在安穆程臉上。

安穆程一手按住白流星的肩膀，另一手卻抓住了白流星的脖子。

「呃、啊！」白流星的呼吸不太順暢，這才停止了他異常的舉動。

安穆程克制著自己不能太用力，他不想傷害白流星，他沒有想傷害白流星的意圖！但是他控制不住自己……他想要看到Ω落淚，想要看到白流星掉下淚來，因為他有預感那會讓自己變得更興奮！

「啊……啊……！」

「……」必須……放手……

安穆程鬆手了，他鬆手之後就馬上推開了白流星。不知道自己用了多大的力氣，他控制不了自己的力道，也沒有餘力回頭去關心對方是不是撞到哪裡了，因為他自己都摔了一跤。他被白流星掉在地上的披肩絆倒了。

他撿起披肩，貪婪地聞著上頭白流星的體香。室內都是信息素的味道，很熱、很悶。安穆程脫下大衣外套，他呼吸急促，好像跑了百米賽跑一樣。

他很快瞥了室內一眼，防咬圈在哪裡？不，找防咬圈太慢了，應該用抑制劑！抑制劑在哪裡？一般人會把藥放在哪裡？

應該會放在有「水」的地方……這樣才方便在吃藥的時候配水一併吞服，像是熱水壺、飲水機附近……

白流星住的地方是學校附近的出租套房，因為空間不大，從門口進去一看，室內有什麼都一目了然。安穆程看到窗戶附近有一個簡易的料理檯，上面就有熱水壺、電磁爐和小電鍋。他踉踉蹌蹌地走過去，果然看到藥袋塞在熱水壺旁邊。

拿出藥錠後，又忽然覺得不妥，這不是急性發作時吃的。他想起藥廠有給白流星強效的抑制劑，那是針劑，要保冰，料理檯底下就有一個小冰箱。安穆程打開冰箱，看到已經分裝好的針劑，他如釋重負，立刻拿出一支。

安穆程轉過身，看到白流星撿起了地上的披肩，宛如婀娜多姿的海妖剛剛上岸，還不熟悉自己的雙腿。他的身體搖搖晃晃的，走起路來卻有一種異樣的美感，好像每次都要跌倒了，空氣中卻有一隻看不見的手將他扶住。

他看到安穆程拿出了強效的抑制劑，「你要做什麼？」

室內的信息素有些變了，代表白流星的情緒也產生了變化。他瞪著安穆程，怒火隱隱上升。

「你要做什麼！」白流星怒不可遏地朝安穆程大吼。

他們從剛認識開始，安穆程頭一次看到白流星這麼生氣。

安穆程的手在顫抖，不確定自己能不能正確把針扎進去，但他沒有其他辦法了。他拔掉針頭的保護套，將針轉向自己——

「不要！」白流星撲了過去，抓住安穆程的手腕。

「你知不知道自己在做什麼！Ω的抑制劑怎麼能給α用？你不怕副作用嗎？那連我自己都沒有用過，不知道打下去會發生什麼事……」

「我不想做讓自己後悔的事！」

「跟我在一起，會讓你後悔嗎？」

「……」

「跟我在一起，是會讓你後悔的事嗎？」

「……」安穆程很清楚答案。不是的。

和發情期的白流星待在一起，不是一件會讓他後悔的事，他也並非在逃避這件事。而是，白流星的後頸空無一物。他很想咬，但他知道咬下去會有什麼後果。

他是α，他可以咬很多個Ω，上天都不會給他懲罰，但Ω一旦被某個α咬過之後，他這一生就不能再被其他α標記了。咬痕會印在他的後頸，改變他的信息素，讓他在固定的年歲裡都只能對這個咬過他的α發情。

大海很殘酷，海妖在海裡悠游，他們不覺得風浪有什麼可怕，但是駛船的水手一看到風浪，就知道要避開。或許對一個在發情中的Ω來說，他不覺得標記有什麼可怕的，因為他已經失去了對常理的判斷。但是，一旦發情期過去，一定會有人後悔的。

「我知道是你。」白流星伸手觸碰安穆程的臉頰，不去責怪安穆程的舉動。但他沒想到當安穆程握住能平息一切的武器時，槍口對著的，居然是自己。「我一直都知道……」

或許，我們都只是在海裡浮游的生命，是海妖將我們從深淵混沌裡拉出來，用愛、賦予我們形體。傳說，那樣的海妖就是Ω的雛形。

「學長，穆程……難道你沒有認出我嗎？」

「流星……」

「我這個樣子，你就認不出來了嗎？」

「是抑制劑沒有效嗎？你讓我……幫你……叫……叫……」室內的信息素變弱了。它依舊存在，但已經不像洪水猛獸那樣，讓安穆程感到極度的躁動與不安。

「我不需要救護車，我需要的是你。」

「……」

「你不也是一樣的嗎？」

「流星……」

安穆程望著白流星的臉、直視他的雙眼。他發覺白流星的神智好像變得比較清楚了，或許，一開始就神志不清的人——其實是他。

他的感情早已快滿溢出來了，卻說那是信息素。

他已經愛上這個人了，愛到想要讓他成為自己的一部分、想要把他壓在自己身下蹂躪，想讓他全身都沾上自己的氣味、讓他體內灌滿自己的種子。

他潛意識裡知道問題出在自己身上，所以抑制劑的針才會對準自己。

白流星踮起腳尖，將自己的唇緩緩貼在安穆程嘴上。針筒掉到地上，安穆程雙手捧著白流星的頭，與他纏綿一吻。

房間裡的信息素增加了，這次有兩個人的味道。

「去把防咬圈戴上。」這是安穆程的底線了。

白流星也不再多說，他轉身走到衣櫃前，從其中一格抽屜裡拿出防咬圈。剛戴好，甫一轉頭，安穆程就在他身後，他抱住白流星的腰，一把將人舉起來。白流星驚呼於這突然其來的高度，那一瞬間，安穆程也感到前所未有的愜意，他喜歡看到白流星笑。

緊接著，白流星就被輕扔到床上。安穆程也爬上了床，跪在床上，當著白流星的面，脫下自己的上衣。

Ω和α的信息素在互相吸引，安穆程想起小時候聽過的故事。在人類文明還沒發展以前，據說，是Ω在統治地表。Ω會用他們的信息素來控制α，讓α臣服。

臣服以後的α能做到很多事，包括管理β，使β成為主流勞動力，讓整個社會能正常運作。但是這種靠信息素控制α的方法，就如森林裡的野妖用美色迷惑旅人、海妖用歌聲迷惑船隻，是為人所不恥的手段。於是，α群起抵抗誘惑，將Ω壓在身下，也壓在了社會的最底層。

——可是，如果我們本來就是因海妖的愛而誕生的，那回歸大海又有什麼問題呢？

看到白流星對自己張開雙手，安穆程更確定了，那就是他要回歸的擁抱。

白流星是笑著張開雙手的，他臉上充滿了期待，安穆程也不想讓白流星失望。

安穆程俯下身來，臉頰靠在白流星胸前。男人的身板較纖細結實，從皮膚傳來細微的香味，如蘋果一般。白流星的信息素散發著剛成熟的果香，而不是熟透的果實氣味。

熟透的果實接下來只有爛掉的命運。咬下去的話，會散發出一股類似酒精發酵的味道。剛成熟的果實就剛剛好，可以等待它熟成，也可以馬上吃掉。

在品嘗白流星的乳頭之前，他抬起頭親吻白流星的唇。他大膽地伸出舌頭，沒有經過試探，直接鑽進白流星嘴裡，對方也沒有抗拒。

白流星雙手抱著安穆程的身體，一條腿在床單上磨蹭著，另一條已經攀到安穆程的腰上。安穆程摸著白流星的脖頸，彷彿恨不得吻得更深入。本能促使他去咬了Ω的後頸……當然只咬到防咬圈，也咬在了白流星的鎖骨、胸口上。

雪白的肌膚經不起這樣的折騰，每咬一次就留下殷紅的齒痕，但白流星卻不感到疼痛，因為有另一個地方更是脹得難受。

「啊……哈啊……」白流星仰頭吐出一大口氣，發出黏膩的呻吟。他的手掌貼在安穆程的後腦杓上，把男人的頭髮都揉亂了，就像此時他只想把自己弄得亂七八糟，「不用那樣的……快……快點……」

α的嘴唇才是這個世上最致命的毒藥，因為那吃下去是不會嘗到苦味的。α也可以恣意展現出自己的欲望，不會受到世人譴責。他可以在陽光下脫下上衣，那些覬覦他的目光都是一種讚美，也不會對他構成威脅。但在床上，他的動作卻慢了下來，將落在白流星身上的齧咬變成親吻。

「快一點……」

他吻得用力一點，就會留下痕跡，彷彿把Ω的身體當成畫布，揮灑出屬於他的顏色。那是春天的色彩，如在春寒料峭的時節才會盛開的櫻花。它能頂住風寒，在大地尚未播出新芽時，率先萌發出殷紅的花苞。
安穆程很滿意自己留下的顏色，如果說有哪裡是唯一讓他感到不滿意的，那就是不確定那些痕跡會殘留多久，以及之後自己會面對什麼後果了。
他強迫自己忍住想啃咬的欲望，並告訴自己，那會讓白流星受傷。他還有柔軟的嘴唇能取悅他的Ω，但落在白流星身上的吻太輕了，變得如隔靴搔癢。
「快一點……啊啊……」白流星更用力地抱住安穆程，壓著他的頭，彷彿要把這顆停留在自己胸前的腦袋壓進身體裡，迫使對方與自己融為一體，「啊啊……」
安穆程含住白流星的乳頭，手掌也在他身上緩緩撫摸，宛如在用觸覺窺探這具胴體。
白流星發出誘人的呻吟，散發出若隱若現的蘋果香。蘋果不是一種會散發濃烈香氣的水果，不是望著它就能止渴的果實，它需要你靠近一點。
要靠近聞才聞得到，要吃進嘴裡，才能體會到它的香甜多汁。
「啊啊！哈啊……啊！」白流星倏地驚呼。
安穆程張大嘴巴、吸吮著白流星的乳頭，彷彿他已經餓了、渴了很久。他的牙齒和舌頭都是刺激的工具，在白流星的胸部留下牙印，小小的乳頭也被他吸到變得有些紅腫，酥麻的快感直竄白流星腦門。
白流星不禁拱起腰，想要讓自己的身體與對方更加貼合，但他的體力還不足以把α的身軀翻過去。安穆程察覺到白流星的腿總是不安分，便一手伸到白流星的雙腿之間，摸到超乎他想像的黏稠與溼潤。手指才剛摸到Ω短小的性器，它就完全勃起了，前端分泌出晶瑩的黏絲，好像很久沒有被人撫慰過。

他的手往白流星股間摸過去，手指還沒有伸到Ω身體裡，手掌就已經被淫水浸溼。他不敢置信地看著自己的手，白流星卻把他的手拉過來，舔舐指尖。

他正在舔著自己的淫水……那大膽的舉動與毫不在乎的神情、滿臉的紅暈，衝擊著安穆程的神經。

白流星平常可不是這樣的人，就算現在是發情期，可是一個人的個性，是那麼快就會改變的嗎？還是，這才是他的本性呢？

白流星似乎知道自己的舉動，會為男人帶來什麼樣的刺激。他在含住安穆程指尖的時候，雙眼挑逗地望向安穆程，並勾起嘴角……

安穆程終於受不了了，他忘情地吻住白流星的嘴唇，兩人的舌頭深深纏在一起，在彼此的嘴裡進出。他一邊吻著，一隻手握住白流星的性器，上下搓揉。

「哈啊……啊啊……」雙腿間的強烈刺激，讓白流星無法再接吻下去，他只能仰頭呻吟，有如剛上岸的海妖，還不適應地表的空氣，所以必須大口呼吸。

「哈啊……哈啊……啊……」

他的聲音、氣味，他摟著安穆程脖子的手，成為一種默許。

安穆程低頭又含住白流星的乳尖，一邊吸吮著，一邊擼動白流星的性器。在雙重刺激下，白流星很快就射了。

「哈啊啊啊！哈……哈啊……」

射過一次後，白流星終於稍微清醒了一點。他喘著大氣，感到很訝異。

射得還真快，難道是α的手跟自己的手不一樣嗎？

他望向安穆程，發現他額頭上都是細小的汗珠。和他不一樣，安穆程忍得很辛苦，即使是到了現在，他也沒有對白流星做出太越界的舉動，那讓他突然很想哭。

是自己不夠有魅力嗎？信息素不夠香嗎？

他也不知道自己怎麼會這麼想，大概是在發情期，連心情都變得多愁善感了起來。

於是他從床上爬起來，解開安穆程的褲頭，碩大的性器就彈了出來。白流星不禁眨了眨眼，那是他第一次看到「實物」。

安穆程有點尷尬，那種地方被人家一直盯著看，他也會不好意思的。但他還來不及多說，白流星就雙手握著他的陰莖，張嘴含住頂端。

溫熱的口腔包裹上來，剩下的部分只能靠白流星用雙手擼動了。他的嘴太小了，不可能全都吞下去。於是安穆程也沒阻止，他自在地往後靠，雙手撐著床鋪，任憑白流星吸吮。

白流星也知道自己的嘴太小了，他才會嘴跟手都用上……不，或許不是他的嘴太小，是安穆程的太大。他每天都會看到自己的陰莖，那才是正常的尺寸，α那比他還要大上一倍的陰莖……

很可口。

——我一定是瘋了！

為了不讓自己胡思亂想，白流星賣力吞吐。他以前從來沒有做過這種事，所以只能靠想像來動作。這種棒狀物只能用吞吐的方式來刺激，但是他沒辦法整個含進去、舔也不會融化……他有點不知道接下來該怎麼辦。

就在白流星苦惱的時候，安穆程喘著粗氣，尷尬叫停。

「可、可以了……」

白流星皺眉，有如吞了一肚子的委屈，「為什麼？」

「呃……」安穆程不好意思說，白流星一直來回舔弄，讓他忍得很難受。但他的牙齒有時候又會嗑到，會把他從仙境中拉回現實。他有點擔心「那個地方」會有什麼閃失。「我覺得這樣就可以了……呃……你還有想要做什麼嗎？」

「做愛。」

「……」安穆程的腦門宛如被直球砸中，他無法思考了，但他的心又跳得很快。

「我們這樣，就算在一起了，對不對？」白流星爬到安穆程身上。

「嗯。」安穆程慎重地點頭。

白流星跪在安穆程面前，一手扶著α的陰莖，想要把它放到自己體內，但是他試了好幾次都放不進去。他的蜜穴太溼滑了，一直滑掉，但是每滑過一次，自己的會陰部就會被磨蹭一次，那若有似無的刺激讓他欲罷不能。

「好了！」安穆程難掩焦躁，把白流星按倒在床上。他親了一下白流星的唇，隨後抬起他一條腿，讓那條腿靠著自己的身體。他親吻白流星的小腿，牙齒碰到那雪白的肌膚，但沒有咬下去。

白流星躺在床上，覺得自己的狀態有些奇怪。這是以前從來沒有發生過的事，一個α抬起他的腿，像在膜拜似地親吻，他卻滿懷期待，好像這就是他夢寐以求的一刻。

「快點……」他不想要更多的前戲與挑逗了，便把手伸到自己股間，左右掰開那個正在沁出淫水的洞口，「進來……」

他太期待了，讓他感覺自己簡直都不像他自己了。還沒有東西插進來，他卻覺得心情上好像已經被什麼填滿。

「學長……我………」

「我也愛你，流星。」安穆程沒有聽完白流星要說什麼，他扶著自己的性器往前挺，卻聽到白流星高聲尖叫。

「啊啊！啊……好……好痛啊……」

安穆程停下動作，看到白流星雙眼盈滿了淚水。他趴下來撫摸白流星的額頭，將他被汗水沾溼的瀏海撥開，「會痛嗎？對不起，因為我看已經很溼了……」

他想要退出，但白流星卻摟著他脖子，不肯鬆手。

「繼續……都進來了嗎？」

「應該……」安穆程知道明明就不是那麼回事，但這時候說實話是沒有意義的。

白流星的身體裡面很熱，但同時也有一道阻力，不讓他再往前進。其實他很想無視那道阻力，就算會害白流星受傷也罷，他就是想要用力刺進！

但他理智上知道，那是不行的。穴口不斷收緊著，讓他處在一個進退不得的尷尬位置，他不覺得舒服，而他也認為對方也是。

「流星，你等一下。」

「啊？」白流星淚眼婆娑，感覺到下面那個抵著自己的熱棒退出去，變得格外空虛，「你幹什麼……」

他又急又惱，都不知道要先罵人，還是要先痛哭了。

在這種時候中斷，是想折磨他，還是後悔了呢？他至少希望不要是後者。

粗大的性器離開了，取而代之的是安穆程的手指。

α的手指一樣很粗、很長，不，或許男人的手指都是這樣的。只放入一根手指，雖然沒有剛才那麼痛了，但是又覺得不夠滿足。白流星不禁想多磨蹭一點，讓自己下面的腫脹可以獲得紓解。

他下意識想要夾緊雙腿，但他的腿早就被安穆程分開，一條腿高高掛在安穆程的肩膀上。安穆程居高臨下地望著他，那眼神說不上冷酷，但也談不上溫柔。安穆程像在審視他、評估他是不是一個合格的Ω。

——沒關係……就來評估我吧……

——我做得到的。

白流星微微蹙眉，他沒有猶豫太久，就把自己的手往下伸、抓住安穆程的手。安穆程的手指在他體內抽動的時候，他就配合著那頻率，讓自己的身體蹭著那隻手。安穆程多加了一根指頭，淫水被他擠出來了，他臉上的紅暈不知道是害羞、還是情動。

「啊啊……」感覺，明顯變得不一樣了。

快感從下肢湧上，白流星的腳指蜷縮起來。他忍不住閉上眼睛，讓那種感覺能夠充斥全身，使自己像躺在潮汐之中，隨海浪搖搖晃晃。

「啊啊……」

α的手是真的有一股魔力啊！白流星在心裡感嘆，他又想要射了。但他不討厭這種感覺，甚至想要一整天都享受這種感覺！

「啊啊……啊！」他抓著安穆程的手沒有鬆開，可以感覺到安穆程用手指在抽插他的時候，指腹故意按壓那幾個特別敏感的地方，每次都會傳來觸電般的酥麻。他彷彿在跟安穆程一起抽插自己，像在自慰給對方看。他光是想著這點，就多了一個興奮的理由。

「啊啊……」但他也突然想到，安穆程一直硬著，會不會很難受呢？「你想要……放進來嗎？」

「你覺得可以了嗎？」

「哈啊……我一直都……可以啊……」白流星張開一雙迷茫的眼，不明白安穆程在說什麼。

安穆程無奈地笑了一下，這時候的他還沒有意識到，在他往後的人生裡，「我為了你做了那麼多，你卻不知道」的心情，還會重複上演。

「流星，你以前有跟別人做過嗎？」

「我怎麼會跟別人做？」

「就……發情期……的時候……」

「你快點進來！不然我要生氣了！」都什麼時候了還想慢慢來？學長原來是會拖拖拉

拉的人嗎？菁英α都是這樣的嗎？他……很在意那種事嗎？

白流星氣不打一處來，但是又有一種想哭的感覺，心裡五味雜陳，他都不知道自己該用什麼表情來面對安穆程了。

「你很在意……我有沒有跟別人做過嗎？」

「我是在意，但應該不是你想的那樣。」

身體會分泌能潤滑的液體，跟身體承受過α的性器，那是兩回事。安穆程才剛挺進去一點點就感覺到了，雖然信息素在歡迎他、白流星也對他張開雙手了，但是那具身體很緊張，它不肯放鬆。它可能是對性事有著潛意識的抗拒，也可能它太窄小了，還沒有被拓寬過。

「你快點做，我真的等不及了，我的身體快要爆炸了！」

安穆程勾起嘴角，因為白流星乞求他的模樣實在太可愛了。

「你會哭的。」他抓著白流星的腳，往前挺進。

白流星頓時露出慌張的神色，他可以感覺到一個很熱很大的東西在把他的身體撐開，那跟手指的觸感完全不一樣。

手指伸進來的時候，他還可以感覺到指腹故意按壓的力度，那讓他很想把腿夾起來，快感一波波湧上。但是當α的性器挺進，它卻像在開疆拓土，在把自己變成它的形狀……

「哈啊……啊……」白流星嘴唇顫抖，聲音彷彿在他喉嚨裡凍結了。他喊不出聲，但可以感覺到自己正在慢慢被改變。

他用力閉上眼睛，發現眼角溼溼的，他還沒有意識到那眼淚代表著什麼，就先看到安穆程失落的神情。安穆程俯下身來，親吻他的額頭。「還是很痛嗎？」

安穆程的呼吸太熾熱了，以致於他說話的時候，氣息吹在白流星耳邊，令白流星耳朵都快燒了起來。

白流星大感訝異，他感動於安穆程的關心，此時也才意識到，原來有人願意在乎自己是這樣的感受，反倒是他太不在乎自己了。

「對、對不起……」

「為什麼要道歉？」安穆程是真的不理解。

淚水盈滿眼眶，白流星必須眨眼、讓淚水滾出去，才能看清安穆程的容貌，「我很喜歡你……我愛你……」

「我知道。」

「我愛你，安穆程。」

「嗯，好。」安穆程無奈莞爾。這究竟是白流星無意中說的，還是他有意為之？安穆程分不清楚，但無論如何，白流星的話都讓他心花怒放。他親吻白流星的嘴唇，熱氣吹到白流星的臉上。

他慢慢挺動下半身。還是很緊、很燙，不過這具身體在慢慢接受他了。短暫的擴張還是有效的，雖然還是沒有辦法全部放進去，但已經可以緩慢抽插了。他也注意到，白流星的神情變得不太一樣了。

他用手掌闔住白流星的雙眼，這樣或許能讓白流星更進一步地感受他。不是讓白流星感受自己在他的身旁，他已經在白流星身邊了，不需要更多的證明。他也不擔心白流星會想著別人，因為他身邊沒有別人！他每天盯著白流星，不會讓別人有機可乘！

他希望自己能讓愛人舒服，所以他想要白流星閉上眼睛享受。

「啊啊……啊啊……」白流星的聲音慢慢帶上一絲絲甜膩。

Ω天生的潤滑液在這時派上用場，兩人結合的地方發出淫穢的水聲。安穆程的手離開白流星的臉，而白流星仍閉著雙眼，但是拱起了腰，跟著他一起擺動。安穆程爬起來，跪在床上，雙手抓住白流星的兩條腿，腰部往下壓，用力刺入。

「啊啊！啊……！」

白流星仰頭大叫，雙手抓住床單，他的腳背弓起，身體內部突然一陣縮緊，緊得讓安穆程差一點要繳械了。白流星積壓已久的欲望全部釋放，一滴精液噴到安穆程臉上，他若無其事將其抹去，那動作既豪邁、又性感。

安穆程舔了舔乾澀的嘴唇，對上白流星有些迷茫的眼神。白流星對他張開手臂，他也毅然決然地投入愛人的懷抱，同時毫不留情地再次插進去。

「啊啊！啊……啊……」

他無視白流星的呻吟，不如說那聲音已經變成一種鼓勵。他退出之後又整根深深埋入，他的心跳得很快，抽插的速度也越來越快。

「啊啊……啊啊……哈啊……」白流星的聲音變得越來越軟，眼神也變得渙散。迷迷糊糊間，他可以看到安穆程的臉。

安穆程做愛的樣子很迷人，他用一隻手把自己的頭髮往後撥的動作，讓白流星覺得這簡直是天底下最帥的男人了。他的脖子微微往後仰，露出性感的喉結，白流星忽然可以理解為什麼α都想要咬Ω了。

安穆程的嘴唇微微張開，他的眼睛不自覺瞇起，很投入在眼前這一刻。白流星想起那吹在自己耳旁的熱氣，光是想像就讓他戰慄不已。他又勃起了。

「穆……穆程……」白流星對前方伸出手，安穆程接住了他的手，與他十指相扣。

白流星有點看不清楚安穆程的臉了，視線越來越模糊，可能是太累了吧？

「啊……啊……」下面很溼、很燙，自己的手被安穆程舉起來，壓在床上。

兩人結合的地方好像快要融化了，白流星已經不再覺得疼痛，但是漲漲癢癢的感覺沒有消退，反而變得更嚴重了。或許只要α的陰莖再插深一點，就能緩解。

不，不可以那樣說！不是隨便一個α的陰莖，而是他心愛之人的。

「插我……全部……都插、插進來……啊啊………」

白流星不知道他們做了多久，但他身上都是精液和咬痕。在意識朦朧之際，他臉上洋溢出幸福與喜悅。

第七章

陽光灑落在臉上，白流星的眼皮動了動，身體感到很沉重，好像做了什麼激烈運動。但是，慢慢地，沉重感消退了，取而代之的是手腳都能在棉被裡伸展的舒暢。

他緩緩張開眼睛，看到在朦朧的光暈裡，「學長」就坐在床旁邊的地板上，雙手拿著一本書，看得很專注。

這是夢嗎？白流星慢慢從床上坐起。

聽到棉被窸窣的聲音，安穆程轉頭，對白流星露出微笑，房間裡也揚起淡淡的梔子花香。那讓白流星倏地一愣，明明身在室內，卻感覺得到春風拂面。

「你醒了？」

「你……」白流星才發出一個聲音，喉嚨就乾得難受。

白流星沙啞的聲音讓安穆程立刻放下手中的書，起身倒了杯水。

你怎麼會在我家？白流星本來想這麼問的，但還來不及說，他就發現自己沒穿衣服，身上都是情愛後的痕跡，胸部的咬痕觸目驚心。但那些咬痕倒也沒有破皮見血，就是留下了齒印、和一塊一塊紅紅的……吻痕。

——怎麼會這樣……我到底……

白流星想不起來，但是安穆程在他房間裡，可以因此推斷，身上這些痕跡是他留下的吧？他盯著安穆程的動作，不由得心生警戒——他怎麼那麼了解我家的物品配置？

安穆程知道杯子放在哪裡，他倒出熱水壺裡的水後，也知道要摻一些放在冰箱裡的冰水，才能調出一杯能夠馬上喝下去的溫水。這不像個初來乍到的人，反而像是已經在這裡待了一段時間。熱水壺裡的水都是煮滾的，平常煮完熱水後，白流星會把水倒進另一個可耐熱的冷水壺裡，再把冷水壺放進冰箱。一般人應該不會知道冰箱裡有冷水壺才對……但安穆程問都沒問，他就把倒好水的杯子遞給白流星。

白流星是真的渴了，只好先喝，「你……你怎麼會在這裡？」

「流星，你都不記得了嗎？」安穆程臉上有些失望。

「記得什麼？」白流星只覺得莫名其妙，安穆程那像在把「責任」推給他似的口氣，讓他心生不悅。

「不是你叫我過來的嗎？」

「……」白流星愣住了，心臟怦怦跳著。他想起男人趴在他身上吸吮的模樣，而他也抱著那個男人的腦袋，把人家的頭髮揉得亂七八糟……

安穆程把他壓在床上、與他耳鬢廝磨，親吻他的脖子和……白流星下意識摸著自己的脖子，發現自己戴著防咬圈，他平常都不會戴的。他正想把它拆下來的時候，被安穆程阻止了。

「流星！」安穆程抓住白流星的手。

白流星想起了更多……當時安穆程握著他的手，連他的手腕也要親吻，並在柔軟的手臂內側留下了吻痕。他把手臂翻過來看，上臂內側真的有一塊紅印，那不是夢。但他不敢相信那是自己會做的事，他主動去色誘了一位α，還是對他很好的學長……

——學長會怎麼想呢？

白流星突然感到不安，自己的行為越過了一直以來謹守的那條界線，學長會不會覺得他是一個很淫亂的人？或者如教授和社會上許多人對Ω的印象一樣，覺得他就是想要用信息素勾引α，以此獲得什麼好處呢？

「你怎麼了？身體還好嗎？」安穆程注意到白流星臉上盡是失落的表情，那讓他也感到很難受，心臟好像被刨開了。但他壓抑著自己的心情，替白流星披上披肩，讓它能把白流星的肩膀和手臂包裹起來。

「這邊邊都有點變薄了，下次我買質料好一點的給你。」安穆程摸著披肩的布料邊緣、洗了很多次而有磨損的地方。

這條披肩白流星使用很久了，有時候他會把它當成毯子來蓋。在沒有洗到壞掉之前，他沒有想過要換新的。但如果安穆程說要買新的給他，他也會期待。

「有不舒服的話，不要忍著，一定要跟我說。要我帶你去醫院嗎？」

「你怎麼動不動就想把人送醫院……」

「如果我不小心傷到你哪裡，在第一時間送你去醫院，不就是我的責任嗎？」

「傷到哪裡……」如果兩人真的睡過的話，白流星能想到的就只有「那裡」了。但那種地方，如果因為做愛而受傷、被送去急診的話，他會羞愧到想死。

「我只有擦一擦皮膚表面，你可能還是要去洗個澡比較好。」

「……」白流星挪動了一下臀部，卻發現自己沒有力氣下床，腳沒有力氣。而且，有東西……流出來了……

安穆程想扶起白流星，卻被白流星躲開了。白流星抱著雙臂，把自己的身體包裹在披肩裡，一副拒人於千里之外的模樣，讓安穆程看了很不愉快。安穆程沒有注意到白流星轉過去的臉頰紅得像蘋果一般，因此他也藏起了內心裡、自己也不想承認的負面情緒。

「你睡了一天，應該很餓了，我去幫你買點吃的。」安穆程臉上帶著微笑，「你家用電子鎖，我不敢出去，怕出去後門自動鎖上，我就進不來了。」

「我睡了一天……？」白流星拿起放在床頭櫃上充電的手機，日期和他預想的不一樣。他以為自己沒有睡很久，大概就一個午覺的感覺吧。沒想到他從昨天中午睡到今天中午，睡了整整一天？

他看到安穆程的訊息和來電，自己沒有回訊息，但接起了那通來電。記憶好像就斷在這裡了，他忘了自己跟安穆程說了什麼，但他記得兩人接吻的滋味。

「你等一下不會不讓我進來吧？」安穆程笑著問，但他心裡其實很不安。如果白流星要將他拒之門外，他一定會去撞破那扇門的。

「嗯，不會……」雖然不知道學長為什麼要回來，但他不會不開門的，不管學長來幾次都一樣。

安穆程穿上外套。臨走之前，彎腰親了一下白流星的臉頰。白流星一愣，門關上了、電子鎖自動鎖上了，但他卻仍望著門口，心裡的疑惑如海潮漩渦，彷彿要把他的理智都捲進去，他不知道自己還會剩下什麼。

安穆程有一種想要把他照顧得無微不至的感覺，那讓他覺得有點奇怪。雖然學長平常人就很好，但他好像對身邊每個人都很好，白流星不覺得自己有什麼特別的。

可是從醒來後到現在，情況就變得不太一樣了。白流星覺得自己好像變成了「特別的」，雖然他不能排除這是自我意識過剩，但他真的覺得安穆程跟平常不太一樣——是兩人睡過的關係嗎？

如果安穆程的無微不至，是因為兩人做過的關係，那這一吻又有什麼意義呢？

白流星慢慢站起來，緩步移動到浴室。他的房東有為浴室做了乾溼分離的淋浴間，而沒有浴缸，不過這對學生來說也很足夠了。

他打開熱水，摘下防咬圈，用浴室的鏡子徹底看清楚了自己的上半身。他想起自己這次沒有按時服用抑制劑，這猶如他人生裡最大的叛逆，但叛逆的下場必須自己承擔。

自己是在知道後果的情況下，才這麼做的嗎？不，他明明請了一天假，不會去外面碰到α……

那安穆程呢？安穆程不知道電子鎖的密碼，他不可能進來，所以只有一個可能，是自己替他開門的。白流星瞬間羞紅了臉，心底生出對自己的厭惡感。

「我怎麼會做那麼大膽的事……」

懊悔、羞愧……

此刻，不論白流星如何用想法鞭笞自己，他都無法忽視其中一點，就是發情期已經走了，而且他身心舒暢。跟α做愛原來是堪比抑制劑的神藥嗎？他忽然可以理解，為什麼會有人發明「深層侵入式治療」了，因為那就是Ω需要的。

熱水淋遍全身，白流星閉上眼睛，感受這片刻的寧靜。發情期不僅過去了，還沒有半分殘留，這也是讓他感到意外的一點。

剛才他與安穆程共處一室，明明聞到了淡淡的梔子花香，那是安穆程的信息素，但他卻仍然可以看著手機、問安穆程為什麼會在這裡，就表示他沒有受到α信息素的影響。是對信息素的抵抗力變強了嗎？還是……還是什麼原因呢？白流星不清楚，但總之，就是舒服！

可是……

「我會不會太冷靜了？」

冷靜得不像第一次發生這種事，他希望這不會讓安穆程留下不好的印象。

「哈啊～」他不禁懊悔地嘆氣。

剛才應該表現得「真誠」一點的。他其實有很多話想問，卻不知道怎麼開口，也不知道該怎麼掌握開口的時機。說到底，他就是膽小。

他怕安穆程會說「沒什麼」、「忘了吧」、「彼此都是成年人了」、「難道睡過一次我就要對你負責嗎」之類的話，那對他來說會是致命的打擊。所以，白流星寧願不問。

而且……他沒穿衣服，安穆程有穿。

安穆程看著他的眼神雖不算露骨，但還是讓他覺得難為情。現在仔細想想，自己的身體都被看光，安穆程卻沒有表現出半分驚訝的樣子，這不是更令人驚訝嗎？

——到底做到了什麼程度……

白流星的手伸到屁股後面，試探地摸著蜜穴入口，那裡已經沒有想吞吐什麼的欲望了。他把一截手指伸進去，卻勾出了白濁的稠絲，那讓他再次感到震驚不已。

「啊……」

——我們做到這種程度了嗎？

白流星感到很不可思議，自己的身體竟然……

可是最讓他詫異的，是心裡「不討厭」的感覺。有人在他身體裡留下了這種東西，他卻鬼使神差地將自己的指尖含進了嘴裡。

「啊……」他想起了在床上的片刻，自己也做過類似的動作。他潛意識裡覺得這個動作很誘人，α一定會被他誘惑的——不，不可以叫「他」α，因為他不是隨便一個α，他是安穆程，是自己喜歡上的男人。

❈

白流星剛從浴室出來，就聽到門鈴一直響。他急急忙忙前去應門，一看到安穆程，馬上就露出了笑容。安穆程卻蹙起眉頭，「你怎麼沒穿衣服？」

白流星只包著一條浴巾，髮尾還在滴水。聽到那帶有指責意味的口氣，笑容漸漸從他臉上消失，「還不是你一直按！」

「哈哈……」安穆程尷尬一笑。他手上提著超商的購物袋，在門口脫了鞋後，先拿出放在牆邊的折疊式矮桌，再把購物袋裡的便利商店便當拿出來，一一擺好。「都加熱過了，你快點穿好衣服，來吃吧！」

安穆程看白流星還站在原地不動。「要我幫你吹頭髮嗎？」

「……」白流星有點不知所措。如果要穿衣服的話，就要先擦乾身體。要擦乾身體的話，就得把包著身體的浴巾敞開，那安穆程就會看到他的裸體。

「吹風機放在哪裡？」安穆程從矮桌前起身。

白流星不敢面對安穆程，便轉身從收納櫃裡拿出吹風機。但他還沒把吹風機交出去，安穆程就走過來把吹風機拿走，並很快找到插座，開始幫白流星吹起頭髮來。

吹風機的聲音蓋過一切響動，熱風讓白流星無暇思考。安穆程的手指撥弄著他的頭髮，除了自己的爸爸以外，這個世界上還沒有哪個男人幫他吹過頭髮。

「好了。」安穆程關掉吹風機後，看到白流星雙手把自己抱得更緊，死死壓著包在胸前的浴巾，他就知道自己得讓出一些空間了。「我不會看你的，你快點把衣服穿上，不然很容易感冒的。」

安穆程把吹風機放回櫃子裡，走回矮桌前，把便當的塑膠封膜拆掉、筷子擺好。

白流星家裡只有一雙筷子，因為他自己一個人住、自己一個人吃，平常也不會有客人來，一雙筷子就足夠了。他不知道安穆程是怎麼知道的，但安穆程就是知道筷子放在熱水壺旁邊的收納盒內，和他唯一的碗、盤子、杯子放在一起。

白流星家的餐具都只有一份，安穆程面前擺的是免洗筷，但他還沒有把筷子的塑膠包裝拆開。他把矮桌上的東西都擺好後，就把方才放在地上的書撿起來，繼續看。

白流星一邊穿衣服，一邊時不時轉頭，安穆程真的沒有回過頭來。

「學長」平常就是這樣，他說過的話就一定會做到，做出的承諾就一定會執行。他很紳士，有著別人無法挑出弱點的完美。他很有原則，不會賴皮，你可以信任他、他也很快就能取得別人的信任。現在的白流星就是如此看待安穆程的，他不是怕安穆程會偷看，而是太在意安穆程了，就算安穆程不回頭，他也會很害羞。

這時候的白流星還不知道，那種很有原則的人，其實相處起來是很有壓力的。

白流星穿上了一套外出服，他在家裡一般都是穿睡衣的，那樣既舒適又不用多洗一件衣服，但安穆程在，他不想讓自己看起來太邋遢。

白流星回到矮桌旁，安穆程留了個座墊給他。白流星家裡只有一個座墊，他平常要吃東西、使用筆電，都會用這個矮桌，畢竟套房裡的空間有限。

來者是客，看到安穆程坐在地板上，白流星本來想把座墊讓給他，然而安穆程在他還沒坐下之前，就去拿起放在床上的披肩，重新披到白流星身上。

安穆程這舉動，讓白流星不得不佇立在他懷裡。面對著男人的胸膛——雖然有穿衣服，但還是有點不知所措。他的鼻尖聞到梔子花香，還有屬於男人的清爽體味……

這是他從未有過的經歷，甚至都不好意思抬頭了。

「你要坐在床上嗎？」安穆程問。

「啊？」

「坐地板會不舒服吧？」

「有座墊……」

「那麼薄一層哪夠？你坐在床上，讓……呃……」安穆程欲言又止，臉驀地一紅，他很快在大腦中換了個詞彙，「讓你的身體可以獲得充分休息。」

「身體？我身體沒事啊。」白流星不想再聽到什麼送醫院了。他又不是紙糊的，難道會一捅就破嗎？

「呃……我是覺得地板太硬，可能……你會不太舒服……」

白流星笑了一下，「你好奇怪喔，怎麼對我那麼好？」

「我們都在一起了，當然要對你好一點。」

笑容逐漸在白流星臉上變得僵硬，他的腦袋轉不過來，「什麼？」

安穆程看到白流星的態度，心裡冒出了些疑惑，「……流星，你都忘了嗎？」

「……」我要記得什麼？

「忘了」的反面就是「記得」，但白流星根本不知道自己該記得什麼！

如果是說這兩天的事，那他的確記得自己沒有按時服用抑制劑，導致發情期像洪水一樣，衝破了理智的堤防。他也記得自己跟安穆程翻雲覆雨過。

除此之外，他還要「記得」什麼呢？

「你說過我們要在一起的，你都忘了嗎？」

「……」我說過那種話？

白流星不記得了，但他腦中很快閃過一個想法——如果我說過那種話的話，是不是就可以跟你在一起了？

於是，他抬起頭來望向安穆程。他壓抑住理智的呼喊，將自己投入了欲望的潮水中。他的眼神閃爍，但他很快就意識到那樣會讓自己露餡，使讓臉上綻放出笑容，裝作恍然大悟。「我想起來了！」

「真的？」安穆程馬上眉開眼笑。

「當然是真的，發生那麼多事，我怎麼可能每一件都記得……但我慢慢想起來了，真的，我想跟你在一起……」

只是撒個小謊，應該不會有事吧？

如果撒一個小謊就可以得到你……

白流星在心裡說服自己，那只是個無傷大雅的小謊，發情期來的時候神智不清是很常見的，不是他的錯。他記得自己跟安穆程做過就很不錯了，怎麼可能記得每一個片段？他也沒有要安穆程賠償或對他有什麼表示……有當然很好，沒有也……沒關係。

白流星唯一可以確定的是，最後那句不是謊言。

「嚇我一跳，我還以為你忘了。」

「我都想起來了……」白流星低下頭，臉紅了，但究竟是因為想起那些令人害臊的事而臉紅，還是因為撒謊而臉紅，可能連他自己也分不清楚。

「趕快來吃，你一定餓了。」安穆程不再追究，牽起了白流星的手。

白流星不想坐在床上吃東西，安穆程就把棉被搬下來，弄成一個能支撐腰部和臀部的懶人沙發形狀。「抱歉，我想著要快點回來，就只能去最近的便利商店，下次再帶你去吃點好吃的。你喜歡吃什麼？」

「都可以。」

「都不挑？這麼好養？」

「要研究哪裡的東西好吃，我覺得太浪費時間了。而且很多時候，是不吃這個，就沒別的東西可以吃了。」白流星很清楚，擺在自己面前的永遠都是有限的選項。

「那我下次做飯給你吃。」

「你會下廚？」

「還不太會，多做幾次應該就會比較熟練了。」

「……」白流星想到別的地方去了。

自己的身體是第一次做愛，以後是不是也會越做越熟練呢？他想起自己是怎麼被擴張的，想起安穆程忍耐著欲火焚身，汗水滴到他身上的性感模樣。

「你在想什麼？」

「啊？呃……」為了掩飾尷尬，白流星只好轉換話題，「你……你在看什麼書？」

「喔，從你的書堆裡拿的。」安穆程把書放在矮桌上，讓白流星看封面，接著又望向收納櫃旁邊的書堆，「你不會介意吧？」

他想把書放回去，但白流星趕忙阻止。「沒關係！你拿去看……」

白流星家沒有書櫃，因為房東沒有提供，他的書都是直接堆在地上的。但他希望自己以後能有個屬於他的書房，那他就可以把這一路走來看過的書都收藏起來了，那是他的人生軌跡。

「你拿去看……反正，我也沒在看。」白流星瞥見封面，馬上移開視線，「你覺得那好看嗎？」

「不錯啊，它在講Ω和α的命運之戀，沒想到你也喜歡。」

「我不喜歡，我是看到特價才買的。」

安穆程雖不明白，但他被逗笑了，「買書又不是在買超市的限時特價商品。」

「……」

「不喜歡怎麼還留著？」

「因為那時候我睡不好。」白流星摸著光滑的封面，卻皺起了眉，「我看到這本書在特價，好像還得過獎，很多跟我同年紀的學生跑去書店買，他們拿到書的時候都很興奮。我就很好奇，它真的那麼好看嗎？」

那些成群結隊、嘻嘻哈哈，好像總是無憂無慮的學子們是他的憧憬，因為他從來就不屬於那裡。

「我買回來看了幾頁，就睡著了。因為那段時間壓力很大、都睡不好，它讓我睡著了，我還挺感激它的。後來搬出來住，我就帶著了，當作一個紀念。」白流星還記得，那是自己還在念國中的時候，父母剛離世，「我沒有把它看完，你看完了嗎？」

「快看完了。你會好奇結局嗎？」

「不會。」

「為什麼？」

「為什麼要好奇？」白流星笑著反問，「我又不感興趣。」

白流星感興趣的不是書，而是當自己難過的時候，為什麼與自己擦身而過的都是些不難過的人。他羨慕那群人，但是也學會釋懷，因為那些人也有他們的生活，而自己也有自己的生活。把自己的生活過好，比什麼都重要。

安穆程卻產生了不同想法。不感興趣的東西是入不了白流星的眼的，他如此解讀。

「希望我可以讓你一直感興趣……」

「什麼？」白流星沒聽清楚。

「沒事。」安穆程有意忽略，但他又突然想起了什麼，「對了，等一下把飯吃完，你吃一下這個。」他從購物袋裡拿出一個粉紅色的長方形小盒子。

白流星疑惑地拿起小盒子，看到上面的小字，認出這是給Ω的事後避孕藥。

「你跟我都不是能為這種事負責的年紀。」

「……」理智上，白流星很清楚安穆程說的是對的。如果自己懷孕了，那學業勢必要暫停。如果身體不適，需要有人照顧。

這件事是不是也要讓阿姨、姨丈知道？他們會怎麼看待他？要是不讓阿姨他們知道，自己一個人有辦法承擔生育的苦痛嗎？

生下來之後，有辦法養嗎？還能回到學校念書嗎？

還能成為……自己想要成為的人嗎？

安穆程去倒了一杯溫開水，把杯子放到白流星面前的時候，杯底碰撞到矮桌的聲音沒有很大聲，白流星卻還是嚇了一跳。

理智上明明很清楚，情感上卻有些牴觸……

因為自己是Ω，肚子裡的器官能夠與另一個生命連接，因而在牴觸這個能斬斷連接的外來物嗎？還是，因為把藥拿給他的是安穆程？

「流星？」安穆程察覺到白流星神色有異，便坐到白流星身邊，溫柔地摟著他，「你怎麼了？不舒服嗎？」

「你不要一直問我舒不舒服……」

「我覺得這很重要。」

白流星會想到另一個地方去……但在安穆程的懷裡、聞到安穆程的信息素，他感覺好多了。方才什麼情感上的牴觸都被拋到腦後，他把這些歸咎於發情期，可能是信息素的變化影響了心理。

「你會想要小孩嗎？」白流星靠在安穆程懷裡，沒有直面他的臉。

「會啊。」安穆程想都沒想就回答，「以後生四個好不好？兩個男生、兩個女生，他們可以一起玩，也可以兩兩作伴——不，性別不重要，是α、Ω或β也不重要，可以長得跟你我很像就好了。」

「我還沒想到那麼遠。」

「沒關係，我來想就好了。」

「……」

「你只需要，往你的目標繼續前進。」

「……」我的目標？

「你想做什麼我都會支持你，但是，你不可以忘記我在你身邊。」

「我怎麼會忘記你呢？」白流星不滿地抬起頭，覺得安穆程是不是太小心眼了，一、兩句話不合他的意就要計較。

安穆程沒有想要計較，他把白流星重新抱緊在懷裡，親吻他的額頭、臉頰和嘴唇，「不會就好。」

✻

二十八歲的白流星坐在咖啡小屋裡，老闆把他點的手沖咖啡和安穆程點的三明治都端過來了，而安穆程還在外面講電話。

白流星端起咖啡啜飲，短短的時間內他想起了很多，但還不夠多。一定還有他不知道的過去，隱藏在記憶深處。

不一會兒，安穆程回來了。他一坐下就把手機放在桌上，大口灌下玻璃杯裡的白開水。

「怎麼了？」白流星覺得安穆程好像有煩心事，他希望不是自己想太多。

「公司要緊急召開董事會，他們叫我過去。」

「現在嗎？」

董事會不是給一般職員開的，也不是給管理層開的，那是讓能夠決定公司未來決策的人開的會議。裡面的人大多是安穆程的親戚或認識的長輩，他們有時候會把安穆程這樣的大股東「請」過去，想方設法讓自己在投票表決的時候多一分影響力。安穆程喜不喜歡這樣的角色，白流星並不清楚，但這是安穆程的家族事務，而他從不推託。

「那你快去吧。」白流星道。

安穆程勉強撐出一個微笑，「我可以陪你吃完。」

「……」白流星壓下心中不悅，明明是安穆程想來的，卻搞得好像是他想來、安穆程非得陪他來一樣。雖然心裡有些怨言，但白流星不打算說出口，他不想找理由跟安穆程吵架。或許，婚姻就是不斷地忍讓。

白流星放下咖啡杯，看到安穆程伸出手掌，放在桌面上，對他勾了勾手指頭。

他沒有給他好臉色，「幹嘛？」

安穆程嘴裡都是食物，他只顧咀嚼，並不說話。

「幹嘛啦？」

安穆程一手拿著叉子，而另一隻放在桌面上的手，手指不斷地前後勾動。

白流星拿這人沒辦法，他無奈地把自己沒有拿咖啡杯的那隻手伸過去，讓安穆程可以握著他的手。安穆程露出得逞的微笑，白流星心中的不滿則神奇地煙消雲散。

或許，這也是婚姻。

第八章

「小心喔。」安穆程將白流星送上計程車，在報上自家地址後，還不忘叮嚀囑咐，「有事馬上打給我。」

「嗯。」白流星輕輕應聲。

安穆程關上車門，站在原地看計程車開走，待會兒會有公司的車來接他。

白流星轉頭看後車窗，直到車子轉彎、看不到安穆程了，他才對司機大哥道：「不好意思，我要改地址。到地檢署。」

趁著時間還早，他想到工作的地方看看。

計程車停在地檢署的正門，白流星付錢下了車，突然想起自己的辦公室不在這裡，而是在後面的第二辦公大樓。平常他都是開車上下班的，停車場在第二辦公大樓的地下室，裡面有電梯，因此他很少走正門，但正門的警衛還是認得他。

「白檢好！」

聽到那一聲稱呼，白流星先是愣了一下，但記憶很快就回來了，實感慢慢擴充全身——

因為有人認識自己，所以自己一定在這個環境待過。那股實感不是這樣透過理性邏輯來認知判斷的，而是一種情感上的感受。白流星可以「感覺到」自己是這個世界的人，自己曾經走過這裡的地板、呼吸過這裡的空氣、見過這裡的人。他不需要思索，身體就能像機器一樣執行固定的步驟，來到辦公室門前。

辦公室門外的牆上有三塊名牌——

檢察官 白流星

事務官 程玫婷

事務官 李賢達

白流星下意識蹙眉，這並非他心裡有什麼不悅，而是這具身體太熟悉日常繁重的工作了，提前感覺到了壓力，也或許是因為緊張。自己雖然想起了很多，但記憶裡還是有一部分缺失，他不知道別人會怎麼看待他，也不確定自己見到那些人後，還能不能表現出「原來的自己」。但杵在門前是沒有用的，即使不安還是得面對，自己不就是這樣一路走來的嗎？

如果他不去爭取的話，機會不會主動降臨。如果他不主動開門的話，門不會無緣無故為他敞開。

白流星壓下門把，推門而入。

「白檢？」說話的是一名高大微胖的男子，他從電腦螢幕後面探出頭，臉上從驚訝轉變為驚喜。他立刻起身，「白檢，你出院了！恭喜你出院，怎麼都不跟我們說一聲？早知道就幫你準備花束了！」

記憶快速歸位，白流星立刻回想起這人是事務官李賢達，四十多歲，年紀比他大、資歷也比他深。他剛當上檢察官的時候，部門裡有什麼「眉角」，都是李賢達指點他的。他人不錯，就是話多。

「玫婷呢？」白流星問。

「她前幾天確診了，不過不用擔心，只是輕症，目前居家隔離中。」

程玫婷是另一名事務官，年紀跟白流星差不多。白流星偵辦的案件經常由這兩人輔佐調查，兩人都是他的得力助手。

「白檢，你真的沒事嗎？不是還在休假中嗎？能休就把它休完啊！下次不知道——」李賢達本來是想說「下次不知道什麼時候才能休假」，但因為確診而休病假，這可不是人人都想承受的。

「唉，我不是說生病是好事，但大家平常都不敢休假，現在只要確診就一定要居家隔離，等於是在家放假，誰不想要啊……」

白流星並無責怪的意思。他的工作量多，事務官和其他同仁的工作也很多。

「白檢，你康復就好。但你真的沒事了嗎？如果你出了什麼事，這裡可沒人可以負責……」李賢達的目光往下一瞥，不過視線很快又回到與之對話的白流星臉上。

那近乎於無意識的舉動，卻被白流星敏銳地捕捉到了。白流星覺得李賢達好像意有所指，但他不確定對方指的是什麼事。

「我好很多了，篩檢都是陰性，如果你是怕被我傳染的話，我會戴上口罩。」

「我不是那個意思……」

「我不在的期間，有新的案件進來嗎？」

「當然——」

「你看，即使我不在，案件還是會一直送過來。在這座城市裡，立案的速度永遠比結案快，那我們還有什麼資格停下來？」

「……」李賢達無言以對。不過他發覺，白檢今天的穿著很不像白檢。

白流星平常都是穿西裝來上班的，今天卻穿著質料柔軟的針織外套，那讓他整個人彷彿也變得柔軟起來。柔順、嬌小，這是Ω給人的印象，卻不是白檢給人的形象。

「白檢，你今天回來，主任知道嗎？」

「我沒說，我還沒告訴任何人。」白流星脫下針織外套，他裡面穿著的素色外出服，也跟上班時會穿的襯衫大不相同，「我剛剛去首府大學逛了一圈，臨時決定過來的，假都還沒銷呢。」

「假都還沒銷，來上什麼班啊……」李賢達搖搖頭，回到座位上。白流星都回來了，他也不能混水摸魚。

白流星突然注意到，辦公室的格局好像有點變了。他跟其他事務官的辦公區域很小，只有「一間」。有的檢察官會有獨立的一間或半間專用辦公室，有的檢察官辦公室旁邊會附帶一個小會議室，但白流星沒有那些待遇。他與事務官一起擠在同一個房間內，差別在於他的桌子比較大。

他的桌子在辦公室最裡面，背後靠牆。除了堆滿卷宗的櫃子和堆到滿出來、只能擺在地上的卷宗山以外，他只有一個衣架可以掛外套和法袍。兩名事務官的位置在他的右手邊，就是兩張普通的辦公桌並排。他的左手邊有一張桌子，那張桌子理論上是給大家開會討論用的，但因為平常都堆滿了卷宗，所以也沒有人會在那裡開會。

而如今，那張桌子上的卷宗都不見了，桌上放著一臺筆電，筆電還是開著的，椅子上掛著背包和西裝外套。白流星停在那張桌子前，李賢達剛要起身解釋，就有人進來了。

進來的是一名年輕男子，看起來像是大學剛畢業，臉上有著陽光般的笑容，尚未被社會給浸染。他穿著白襯衫和黑色西裝褲，身上掛著識別證，一頭柔軟的淺色髮絲容易讓人聯想到黃金獵犬。

「白檢，他——」

「你就是白檢嗎？你好！你好！」男子放下手中拿著的咖啡紙杯，熱情地握起白流星的手，「我是司法研修學院第九十七期的學生，吳日宏，目前擔任實習檢察官，請多多指教！」

「實習？」白流星把自己的手抽出來，並用疑問的眼神瞪向李賢達。

李賢達有口難言，「白檢，他上個月才來，你送醫隔天他就來了。」

白流星沒想太久，就覺得這件事不太對勁，「我人在醫院，是有辦法帶實習嗎？他怎麼會來？」

「這……」

「其他人呢？主任都沒指示？」

「呃……」李賢達不太清楚白檢指的是「別的實習生」，還是「別的檢察官」，因為不是每個檢察官都會帶實習生。況且，白流星的資歷尚淺，就算他再有能力，也不應該由他來帶實習生。

「是我主動請調過來的！」吳日宏說話的時候面帶微笑，白流星卻冷冷地看著他，彷彿在審視他有什麼能耐。

「白檢，你是署裡唯一的Ω檢察官，也是城市裡首位的Ω檢察官。你偵辦的案件都是在為底層的Ω發聲，我很敬佩像您這樣的人。」

「……」白流星悶不吭聲，李賢達卻悄悄對吳日宏打暗號，暗示他不要再說了。

吳日宏有看到李賢達的暗號，但他選擇視而不見。「我聽說您手上有一個集團性交易案，受害人都是可憐的Ω。檢察官好不容易把涉案人叫來問話了，但那個人是菁英α，沒有人敢靠近他。當時，只有您挺身而出！您也因此拿下了案件的偵察權。」

李賢達的手勢，從打暗號變成了「拜託」。他雙手合十，一邊觀察白流星的臉色，一邊想叫吳日宏不要再往說下了。

白流星神色冷漠，從臉上讀不出他在想什麼，但看起來不像是在生氣的樣子。

「白檢，我在研修學院聽到您的事蹟後，就對跟您一起工作感到很嚮往了！我也想挺身對抗權貴階級，為底層的人民發聲！」

「……」

看白流星都不說話，李賢達試圖圓場：「好了啦，白檢還有很多工作要做——」

「你覺得當檢察官，就能為底層的人民發聲了嗎？」白流星也想讓自己看起來不那麼咄咄逼人，但他忍不住，「你說想為底層的人民發聲，你指的那些人是Ω嗎？當你這麼認為的時候，不就等於是將Ω劃歸為底層嗎？」

「白檢……」李賢達有意勸阻，但白流星只是瞥了他一眼。白流星在這間辦公室裡的職權最大，沒人可以阻止他發言。

「你覺得Ω很可憐嗎？我也是Ω，你在我面前講出那種話，不覺得自己太不會做人了嗎？檢察機關也是一種職場，我們跟上班族沒有兩樣。」白流星心底雖然有些不悅，但他對吳日宏說的話卻都是經過計算的。如果吳日宏能聽得懂就好了……

外界怎麼傳的白流星不知道，但他自己很清楚，他已經想起來了，自己的確審問過一個菁英α，但過程和吳日宏描述的不一樣。

只見吳日宏先是低頭做了幾次深呼吸，似乎是在安撫自己的情緒，接著他抬起眸子直視白流星，眼神變得嚴肅而認真。「白檢，我也不想瞞著你。我確實覺得Ω都很可憐，但我沒有要針對您的意思，如果讓您感到不舒服了，我道歉。」

「……」

見白流星還是不說話，李賢達趕緊跳出來打圓場，好像不這麼做他就渾身難受。

「白檢，不要為難人家啦，這不像你啊……」

「但是——」吳日宏又接著道，「我的話不是個人主觀意識，是有數據佐證的！個人年均所得，Ω低於β和α。接受過高等教育、進入大企業的Ω人數長期低於β和α。在青少年犯罪和成人犯罪的人口比例中，也是Ω的占比較多。」

「我都已經做那麼多臺階讓你下了！」李賢達從辦公桌後面走出來，親自將吳日宏推回到他的座位前，壓著他坐下，「去做你的工作啦！以為檢察官辦公室很好混喔！」
「白檢——」吳日宏還有話想說，但他一起身，就被李賢達壓著肩膀坐下。
「好了啦，我們白檢那麼忙，是有時間聽你放屁喔？硬要逼我當壞人……」
「你覺得，當檢察官就能伸張正義了嗎？」
出乎李賢達意料，白流星並不排斥和新人對話。
「當檢察官，就能幫助那些之前幫不到的人了嗎？」
「……」白流星一反常態地溫和，讓吳日宏不禁愣住。他眨了眨眼，自己大放厥詞竟沒有受到責罵，這似乎超出他的預想。
「白檢……」
「你當然可以那麼想，隨便你要怎麼想都可以。但是，如果你不妥協的話，會很累的。」
「實習的時間很寶貴，但我沒有東西可以教你，我手上也沒有類似『五年五百億炒股案』那種大案子，可以幫你累積功勳。」
「白檢，我對你手上的集團性交易案很有興趣，我希望可以負責那個案子！」吳日宏挺起胸膛，只差沒有對白流星行軍禮了。
白流星十分冷靜：「那沒辦法在兩個月內結掉。」
實習的時間只有三個月，除非吳日宏不想從研修學院畢業了。

「沒關係！」吳日宏毅然決然地道。

他的眼神讓白流星想起了兩年前的自己。那麼堅定、懷抱著勇往直前的決心，即使即將通往地獄，卻也懷抱著希望，彷彿踏上的道路終有一天會通往天堂。

不過才兩年而已……

他從大學畢業後，花了兩年通過錄取率只有百分之一點八的司法考試，進入國家司法研習學院研習兩年。兩年後參加檢察官特考，考過後便授任檢察官。當時他二十六歲，還很年輕，倍受矚目。

檢察官的職業壽命都不長，做到四十歲就有很多人想退休了，如果是在大城市的地方檢察署，三十歲就想退休的也大有人在。從檢察官退下來，要轉到其他領域或法律相關的出路不少，薪水也都不低。還留下來的，不是已經升官的既得利益者，就是單靠理想支撐的熱血之人了。

「回去工作吧。」白流星淡淡吩咐完，便走回自己的座位。

他將針織外套掛在衣架上，坐下來，發現桌面已經落了灰。

他拿衛生紙噴酒精擦了擦，看到堆疊在桌上的卷宗，回憶如浪花拍打著礁岸。即使他不願想起，不願看到自己被過去塑形，但他終究不敵海浪的侵蝕——人終究會變，只是不知道，會變得離「自己」這麼遠。

白流星回想起兩年前，自己剛就任檢察官的時候，被指派的都是別人不想辦的案子，像是酒駕、竊盜、妨礙性自主。因為那都是些小案，需要花很多時間，案件量又多，卻累積不了什麼功績。他不會有怨言，這種事沒什麼好抱怨的，因為自己就是個新人。

突然有一天，檢察長將他叫到辦公室去，交給他一個「大案子」。

那在當時是一個很有爭議的案件，放到兩年後的今天還是倍受議論。起因是一位Ω自殺了。那位Ω生前出版了一本小說，那也是他唯一寫過的一本，故事講述一名α和一名Ω的命運之戀。

「命運之戀」是有點現實、又如都市傳說一般的關係，只發生在α和Ω之間。顧名思義，就是α和Ω產生了如宿命般的關係，他們一見面就能認出對方，一旦認出就分不開了。兩人從身體到心裡都會極度渴望對方，如果分離太久、沒有接觸到對方的信息素，輕則生病，重則死亡。如今，科學上已經證實，某些α和Ω之間確實存在著某種神奇的關聯，但相關的實驗證據不足，目前仍無法斷定是否一定有「命運」的存在。

那本書是就是在描寫一個Ω高中生與α老師之間的故事。看似唯美，但看到最後就會發現，是老師以命運之戀為幌子，誘騙了未成年的學生。書中的描述精闢到嚇人，如果沒有親身經歷，大概是寫不出來的。許多人看過後產生共鳴，紛紛在網路上響應，一時之間紅遍全國，連媒體也開始報導，許多受過不平等對待的Ω或Ω的家屬也站了出來。

那本書一連好幾週登上暢銷榜，就在作者的前途一片光明之際，他自殺了。他沒有留下遺言，但根據身邊朋友和出版社編輯表示，那本書就是作者的遺書。

輿論瞬間炸開了，矛頭紛紛指向書中的α老師。

於是，網友集眾人之力，肉搜到現實中曾經當過作者補習班老師的人，並到地檢署提告，案件由檢察長指派白流星偵辦。過程中，白流星無法對外發言，但他也知道這件事在網路上火燒得很旺，甚至有人向民意代表請願，要修法或立法，針對α的信息素犯罪給予重罰。但那些都不關白流星的事，他就只針對此案件來偵辦。

最後，他做出了不起訴處分。

⁂

「不起訴？」

檢察長坐在他的紅木大桌後面，拿著公文夾大聲咆哮，「不起訴？」

白流星和事務官擠在一個小房間內，但檢察長不僅有他的獨立辦公室，室內還有一組真皮沙發。茶几上擺著一盆鮮花，每隔幾天就會換一盆新的。

「是，不起訴，因為犯罪嫌疑不足。」白流星雙手揹在身後，以稍息的姿勢站著。

檢查長丟下公文夾，背靠在椅背上，「白流星，你知道這個案件現在很受矚目嗎？」

「是。」

「那你做出不起訴處分，是想被大家罵恐龍檢察官？」

「我是依照證據做出判斷，不是依照輿論。」

「你知道我為什麼要把案件指派給你嗎？」

「……」白流星心裡有一些模糊的猜測，但他盡量不去想。

「因為你是我們署裡唯一的Ω檢察官！被害者是Ω，如果這時候由你來偵辦，那民眾就會提升對我們檢察機關的信心。結果你寫這什麼……不起訴？」

「沒有證據支持我一定要起訴。」

「真的沒有嗎？」

「……」檢察長的懷疑讓白流星察覺到了些許異樣。可以坐在這個位置上的人，一定有他的本事。

「沒有。」白流星強裝冷漠。

「你不會是怕，站在法庭上會輸吧？」

「……」白流簡直不敢置信，如此輕蔑、嘲諷的口氣，竟來自自己的頂頭上司。「檢察長，您一定比我還清楚，司法要判一個人有罪是很嚴謹的！除非有新的證據或是法條修改了，讓我用小說來辦案，否則，不起訴就是不起訴。」

白流星已經在不起訴處分書裡寫到，兩造雙方認識的時候均已成年，不存在誘騙未成年人的嫌疑，但檢察長有沒有仔細看就另當別論了。

「你最好準備一下。」

「準備什麼……」白流星不懂檢察長的意思。

「媒體會把你轟得很慘的。」

「……」

「你身為Ω，卻不站在Ω那邊，那會比什麼平等不平等還可怕。」

白流星此時才後知後覺地意識到，自己被當成棄子了。

檢察長是一位α，署裡的檢察官都是α，他們才不在乎這個案件裡的Ω，或其他Ω會受到什麼對待。

如果白流星辦得盡如人意，那署裡會很有面子，因為他們為民伸張正義。如果白流星辦不好，那署裡的α也不會受到責難，因為這都是白流星一人的錯，是他「不站在Ω那邊」。

「這件事也不是沒有解法。我聽說你夫家來頭不小，有沒有考慮向他們求助呢？」

那是白流星第一次體認到，只要是職場，就有文化。

白流星沒有思考太久，就決定按照檢察長說的，好好利用夫家的資源。他先跟安穆程說明事情原委，安穆程當然是站在他這邊的，當天晚上就帶他回老家見父母。

在安穆程爸爸的書房裡，白流星先簡略說完案件內容，接著便提出請求。他希望公公可以動用人脈，不要讓媒體對他大做文章。

安穆程的爸爸從始至終都很冷淡，沒有露出笑容，但他也沒有給人很強的威嚴感，反倒顯得存在感薄弱。如果他不出聲，好像就會融化在書房的椅背裡。

「我可以幫你問一下，這種小事你就不用擔心了。」安父拿下眼鏡，揉了揉眉心。

白流星擺出笑臉，本想要致謝的，但安父又開口：「我幫你做了這件事，你也可以幫我一個忙嗎？」

「好的，爸，有什麼需要我幫忙的嗎？」

「穆程說你們在一起很久了，你們又是自由戀愛結婚的，趕快生一個孩子，不過分吧？」

「呃……」白流星剛想說這是兩回事，坐在他身邊的安穆程就握住了他的手。

「我們本來就有在規劃了。」

白流星急忙轉頭，望向安穆程的眼裡帶著詫異。然而安穆程只是微笑地看著父親。

安父滿意點頭，「那就好。」

之後，這件事沒有引起波瀾就落幕了。

不起訴處分書送出去，網路上每個人都可以查閱，卻沒有一家媒體做後續報導。有少部分網友仍在討論不起訴處分書裡是什麼意思，或是單純討論那本書。它仍是一本精彩的著作，但少了網紅媒體的推波助瀾，話題冷卻，就逐漸沒有人關注了。

白流星保住了在署裡的地位，他繼續辦一些小案子，直到疫情前——

他接到了檢察長的電話。

❀

白流星坐在辦公室裡，面色嚴肅地講完那通電話。事務官李賢達和程玫婷都緊盯著他，就等他下達指令，但白流星卻獨自一人前往偵察大樓。

走廊上，檢察官們站成一整排，他們看到白流星，每個人臉上就像在說「對喔，還有他」、「我怎麼沒想到呢」。

明槍易擋，暗箭難防。如果他們當著白流星的面，把心裡的話說出來，那白流星還能回上一、兩句。然而他們一句話都不說，只用曖昧的眼神和竊笑的嘴角來暗示，那讓白流星不由得挺起胸膛，脖子和肩膀都變得僵硬。

白流星即將面對的人，姑且稱他為嫌疑人A。

A是一位菁英α，被一名Ω指控性侵，但他既不認罪也不和解，還反過來告那位Ω詐欺。是性侵還是性交易，目前還尚未定論，但檢察官在調查的過程中，發現這背後好像有個神祕集團在穿針引線，案件就像滾雪球一樣，從小案滾成了大案。

A不是那麼容易就能被叫來問話的，出身富裕的他背後有一個律師團。就在檢察官好不容易將他請來後，卻發現了一個大問題。

檢察官都是α，但A是菁英α，他可以用信息素壓制他們。當然，在法治社會裡，這麼做是違法的，但檢察官沒辦法控告他妨礙公務，因為告人必須要有證據。而一將檢測信息素的儀器拿來，A馬上就能讓自己的信息素消失得無影無蹤。

A的律師還在火上加油——

『沒有啊，哪有什麼信息素？我什麼都沒聞到，是你們自己不來問話的！你們沒有做好你們該做的事，只是把當事人關在這裡，等於是侵害了他的人身自由。我方考慮中請國家賠償，如果你們再置之不理，我們將會提起行政訴訟！』

要放人？還是不放？

負責偵辦的檢察官都傻眼了，狀況回報上去，檢察長派來的人，就是白流星。

白流星記得很清楚，當年在檢察官特考的時候，最後一關口試的面試官，就是現任的檢察長。檢察長當時問了一個問題：「如果你的犯人是α，他使用信息素對你施壓怎麼辦？你要夾著尾巴逃跑嗎？」

白流星的回答是：「我已經結婚了。」

他說謊，但那只是個小謊，他認為無傷大雅的。

安穆程本來就想要跟他結婚，最近一直在提這件事，是他覺得結不結婚都不影響兩人的關係，他還是會跟安穆程在一起，他心裡沒有其他選項。

「我先生已經標記我了。」這不是謊言，白流星說得心安理得。

一個被標記的Ω相對來說是很安全的，因為他不會被其他α影響。檢察長點了點頭，沒有再問其他的問題。後來，白流星就合格錄取了，他也答應了安穆程的求婚，因為他沒有理由再推託。

如今，檢察長把白流星派過來，就是看在他「已婚」的分上。

白流星走進訊問室，訊問室和偵查庭不一樣，由於目前還在釐清案情的階段，A還只是個是嫌疑人，不是被告，他的待遇當然也截然不同。A和他的律師已經坐在裡面了，桌上有一份鮭魚卵壽司便當，A正喝著味噌湯。他看到白流星在對面的椅子上坐下，竟勾起了嘴角。

「好久不見啊……嫂子。」

❀

時間回到現在，白流星看著紙本文件上，嫌疑人A的照片……

雖然髮型和穿著都不一樣，但白流星很肯定這個人有來參加自己的婚禮，因為婚禮的照片有拍到他！就是那個穿著酒紅色的西裝、理三分頭的男人！

白流星雙手撐著腦袋，手肘靠在桌面上。他之前還以為是自己想太多，原來他真的見過那個人，還不止一次。

「白檢？你還好嗎？」李賢達注意到白流星的異樣。

「我想起來了！」白流星突然用力站起來，「A呢？」

「啊？」李賢達嚇了一大跳。

「我好不容易把他拖到刑事庭，都怪病毒……A現在怎麼樣了？」白流星合理推斷審判一定會暫停，但是、然後呢？

「白檢，你冷靜一點，你現在如果又怎麼了，沒有人敢負責……」

「我早就沒事了！你快點回答我！」

「法官裁定五萬元交保。」李賢達急忙找出文件，遞給白流星，「在這裡，他的律師宣稱A沒有逃亡串供之可能。」

「他是一間上市公司的董事長，年紀輕輕就繼承公司了，他們家是做網路媒體的，年營收上億，卻只用五萬元交保？」

「他的公司年營收多少，法官不會列入考量。」

「我知道！」白流星邊說邊翻閱文件，他只是難得地抱怨一下，「然後呢？下次什麼時候開庭？」

「劉法官要您自行去連絡他。我以為您假休完了才會回來，剛剛忘記跟您報告了。」李賢達吐了吐舌頭，自知理虧。白流星回來得太突然，程玫婷也不在，案子那麼多……他在此之前根本不知道白流星還回不回得來。

「白檢，現在很多庭都延期了，也有一些是證人或被告確診，根本沒辦法開啊……」

「下次不准這樣。」

「是。」李賢達低著頭回到座位上。

「白檢。」吳日宏從臨時座位上起身，拿起一疊文件，「我有一件事不明白。」

「……」白流星揉著額頭。

「為什麼A不和解呢？和解不是比較輕鬆嗎？他只要付一點小錢，就能夠堵住Ω的嘴——抱歉，我沒有要冒犯您的意思。但是，和性犯罪有關的案子，大多在偵查庭就會談和解了，走到法院審判的比例相對較少，最後被判刑的比例更少。以A的立場來說，花一點小錢付給Ω，不是比龐大的律師費更便宜嗎？」

「你以為我沒問過嗎？」白流星冷冷地道。

「那……」

「他就是堅持不和解，我也不知道為什麼。」

被害人的身分很特殊，是一位十九歲的男性Ω，姑且稱他為O。O沒有上過大學，談吐卻像在社會上打滾多年的老油條，他親自跑到地檢署控告A性侵，並像擠牙膏似地，陸續拋出對A不利的證據。案件會越滾越大，是因為O提出的證據在推波助瀾。

「總之，我最後一次訊問A的時候，他堅稱這是一場交易。他已經付出足夠的資本了，O拿了錢，卻沒有給到他想要的，因此認為這是詐欺。」

「他們沒有發生過關係嗎？」

「他們雙方都承認有發生關係，但是O仍堅持這是性侵，並拒絕透露A給了他什麼好處。我們查過O的銀行帳戶，沒有來路不明的資金，不過O的通聯記錄倒是有一些可疑的地方。」

「我知道，就是那個神祕集團吧！」

「如果A和O只有交易行為，那就是以行政罰鍰處理，不會送到刑事庭。但是，其中要是有性剝削和信息素犯罪的嫌疑，那就不一樣了。從O提供的情報來看，我合理懷疑這個集團是用信息素控制了Ω，A知道這件事，而且參與其中。」

「所以，審判的重點不是A有沒有性侵O……」

「一開始就不是。我把他拖到刑事庭的目的，就是要逼他說出那個集團的祕密。」

「白檢……」

「……」白流星挑眉，等著看新人有什麼高見。

「好複雜喔！」

「去幫我買杯咖啡。」

「咦？」

「實習檢察官就不用跑腿嗎？我以前不是這樣的。」

「是！我馬上就去！」

第九章

白流星回家的時候已經很晚了。

他坐在計程車裡，看到手機螢幕上的時間顯示著十一點三十四分。通知欄裡有很多通未接來電，都是安穆程打的，他心底升起一股莫名的煩躁。

可能是不想被管的心態作祟，他不喜歡走到哪裡都要跟對方報備。也可能是他根本沒有多想，就主觀認定安穆程「時間太多」。他一鍵清除通知，把手機收進口袋。

從一樓大門走進社區中庭，警衛依舊精神抖擻地向住戶打著招呼，然而白流星理都不理，就快步走向梯廳。

回到家門前的時候，白流星忽然駐足。他沒有帶鑰匙，如果按門鈴的話……不知道會不會吵到安穆程？

也許門沒鎖？但他不敢嘗試，彷彿門後會竄出不祥的事物，讓他感到一陣心慌。

就在他想要先喘口氣、讓情緒緩和一下的時候，門忽然開了。

「流星？」

安穆程穿著外出的大衣，他究竟是剛好要出門，還是衣服到現在都還沒換，白流星不得而知。他臉色蒼白、微微喘氣，額頭上都是細微汗珠，眼神中卻充滿焦急與渴望，宛如一個飢渴很久的人，終於看到天降甘霖。

白流星察覺到了不對勁，但他現在不是在查案。如果是在查案，他一定會想要盤問這個人、會想要追根究柢。可是他現在面對的不是犯罪嫌疑人，而是自己的老公。

老公是家人，是每天看、看到習以為常，甚至有點厭煩的對象。

於是，他沒有問安穆程怎麼了。他一句話都不說，脫了鞋就走進客廳。

「流星！」安穆程想要抓住白流星的手臂，但他才剛碰到白流星分毫，白流星就像被踩到尾巴的貓，將他用力甩開。

「流星，我不是叫你馬上回家嗎？為什麼我開完會、回到家，卻沒看到你？你到哪裡去了？」

「……」白流星心裡的煩躁感加劇，他都已經忙了一整天了，回到家只想休息。他不想辯解，沒有多餘的心力去管安穆程的心情，甚至連吵架的時間都不想浪費。他知道自己必須先睡一覺，明天才能繼續到署裡處理案件。

於是，他轉身想走回房間，但安穆程又抓住他的肩膀，逼他轉過身來。「我在跟你說話，你為什麼不理我？你看我一眼、跟我說一句話很難嗎？你到哪裡去了？」

「我為什麼什麼事都要跟你報備？」白流星忍不了了。

「因為我是你老公！」安穆程大聲咆哮，「你到哪裡去了？你知不知道我回到家沒看到你，我有多著急？」

「我去工作啊！」

「你去做什麼工作？」

「……」白流星愣住了，不被理解的委屈感湧了上來，但他不會落淚。他會把那股委屈轉換成怒氣，成為支撐自己的力量。

「我去做什麼工作……我去做什麼工作你他媽的會不知道嗎？我有多少案件，每天都忙到不像我自己了，你當我是去玩的嗎？」

「你為什麼都不接我的電話？」安穆程那執著的視線，理智宛如被逼到崖邊。

「我不知道你有打電話！」

「你怎麼可能不知道？」

「我真的沒有聽到！」白流星自認沒有說謊，「我一直待在辦公室裡，可能是角落收訊不好，或是我不小心按到靜音了——我怎麼會知道？」

「你為什麼會去按到靜音？」

「我不可能讓我的手機一天到晚、有事沒事就響起來，我當然要轉成震動或靜音啊！」

「現在都幾點了，你為什麼這麼晚才回來？」

「有哪條法律規定我一定要幾點回來嗎？」

「你知不知道我一直在等你？我找不到你，急得都想要去報警了！」

「你去啊——！」

白流星剛吼出這句話就後悔了，那完全是情緒性的字眼，一點實質用處都沒有，甚至有可能會激怒對方。但他沒辦法嚥下這口氣，他很清楚自己不可能在這時候道歉，因為安穆程也有錯。

「我很忙！我很累！我回到家只想洗澡睡覺，你就不能幫我一個忙，讓我安安靜靜地休息嗎？一定要拿這種小事來煩我？」白流星沒有意識到，此刻的自己已經和過去的他重合了。

「這是……小事嗎？」安穆程的氣焰像枯萎而萎靡的花朵，變質了。醜陋的花是沒有人想要的，但那卻是盛開後終究會走向的結局。

「我想見你、是小事嗎？我擔心你、怕你是不是在哪裡出了意外，是小事嗎？」

「……」白流星忍不住嘆氣，不耐煩地皺起眉頭。

他毫不掩飾自己的情緒，或許，正因為是家人，才會表露出這麼多情緒。

「我沒有時間跟你搞這些——！」

白流星想要走回房間，卻突然感覺到後頸像是被什麼掐住了，迫使他停下腳步。他什麼都沒聞到，但他的身體告訴他，空氣裡一定瀰漫著α的信息素！而且那是非常猛烈的、想要控制他的信息素！

他是不會屈服的，因此仍然想要邁開腳步。然而他也帶著疑惑與不安，想要回頭，看看那個對自己施放信息素的男人。

可是他還來不及轉頭，還沒有看到安穆程，不知道他臉上現在是什麼表情，他就被抓住手臂和後腦杓，被按在了牆上。臉頰和手掌都傳來冰冷的觸感，肩膀被抓得生疼，白流星瞪大眼睛，不敢相信這是自己會遭受到的待遇。他想起了吳日宏的話，自己這樣跟「可憐的Ω」有什麼兩樣呢？

「你為什麼不能來了解我……為什麼不能、好好愛我呢？」

「……」身後有一股熱源火燙地靠在頸邊，流露出悲傷的感覺。

不是憤怒，反而是悲傷，沿著心的裂縫流進去，那讓白流星分不出此刻的自己究竟是肉體、還是心理上比較難受。

「我只是想要擁有我本來就該有的東西……」

「……」什麼？

「你是我的、我的Ω！」

安穆程剛說完，白流星就感覺到後頸一陣刺痛。安穆程咬了他，不顧分寸地咬下去，像要把他的脖子咬掉一塊肉。

——好痛！

疼痛刺激了白流星反擊的本能，他把頭用力往後頂，重重敲到安穆程的腦門。安穆程吃痛而放手，他便趁這時候轉身、並舉起手，但就在巴掌要揮下去之前，安穆程抓住了他的手腕。

安穆程什麼時候練就這種反射能力，白流星不知道，但是他可以清楚感覺到安穆程的眼神並不正常。

……像野獸一樣。

不，是像惡魔一樣。

好像有一種更高等的意識在控制安穆程的身體，把他當成人偶一樣玩弄。它讓安穆程變成他自己都不想成為的樣子，讓兩人從針鋒相對變成拳腳相向。

安穆程緊緊抓住白流星的手腕，但白流星很快就用另一隻手出拳，拳頭沒有捶在安穆程臉上，反而收斂地打在他的胸膛。

安穆程鬆手了，白流星得以暫時逃離。他沒有往大門跑，也沒有跑回房間將自己反鎖起來，他跑到飯廳，抓起桌上的空花瓶扔向安穆程。花瓶沒有砸到對方，在安穆程腳邊碎裂開來。安穆程穿著室內拖鞋，他只瞥了一眼就直接踩過去，衝過去將白流星攔腰抱起。

曾經何時，他們也做過類似的動作，白流星曾經為那突如其來的高度驚呼，安穆程臉上也是笑著的。他們擁抱又旋轉，彷彿兩人的信息素也如螺旋一般，轉著轉著、最後就混在一起，不分彼此。如今的這一抱卻充滿了惡毒的吼叫。

白流星一直掙扎，不斷垂打安穆程的肩膀和背，他的表情猙獰，雙手好像化成了石頭做成的巨斧，每一道都要在安穆程背上留下傷痕。

安穆程無視白流星的意願，他把白流星抱到房間裡，丟到床上。趁白流星還沒有爬起來，便用自己的體重壓住他，將Ω纖細的身軀狠狠壓進棉被裡，連頭也不讓他抬。

白流星氣得雙眼發紅，拚命掙扎，手腳並用，但安穆程跨坐在他的兩條大腿上，讓他沒辦法踢、也沒辦法翻身。

忽然，一陣涼意竄入背脊，白流星感覺到自己的上衣被掀開了。

他知道α想要做什麼……α想要對Ω做的事，自古以來不是都只有那一件嗎？

「安穆程……」

安穆程抓著白流星的褲頭，把長褲連同內褲一起往下拉，露出光裸的臀部。

白流星內心裡充滿了憤怒，「這就是你想要做的事嗎？你就只想要上我而已？你跟我在一起快十年了，你他媽的就只想上我？」

他忽然理解，為什麼會有悲傷竄進心裡了。因為那是求不得的苦痛，那是說出來卻沒有被聽到的話語，那說與不說又有什麼差別呢？

有幾滴……溫熱的東西……

滴答——滴答——

滴在了白流星背上。

安穆程的動作不知道在什麼時候停住了，白流星恍忽地想著，那是眼淚嗎？

白流星試探地扭動肩膀，沒想到安穆程的手竟鬆開了。他趁這時候趕快爬起來，回頭一看才發現，那不是眼淚，是血。

安穆程摀著自己的口鼻，手掌裡都是鮮血。他一臉詫異地看著白流星，像是在向他求救。白流星愣住了，但他沒有傻住太久。人在震驚的時候是沒辦法好好思考的，白流星此時也無法冷靜，他的行動可以算是一種本能。

本能，讓他不加思索就喊出：

「**老公！**」

那一聲呼喊讓他徹底想起來了。梅菲斯、異世界都不存在，從頭到尾就只有他跟安穆程。

「老公！」白流星雙手捧著安穆程的臉，睜大了雙眼，想看清楚「傷勢」。安穆程臉上沒有明顯外傷，血是從鼻孔流出來的，量太多了，已經流到滿臉都是了。

「先躺下——不，不能躺下！捏住！捏住鼻子！用、用嘴呼吸！老公！用嘴巴呼吸！」白流星急得語無倫次，他跳下床找手機，但剛才兩人打得一片狼藉，他根本不知道手機被丟到哪裡去了。

「咳——」

聽到咳嗽聲，白流星心裡涼了半截。α不是不會染疫，只是機率比較低……

「咳咳……咳咳……咳咳咳咳！」

安穆程開始劇烈咳嗽，像要把什麼東西吐出來、卻又吐不出來的乾嘔反應，讓他整個人痛苦地縮成一團。白流星立刻衝回床邊，扶著安穆程躺下。安穆程張大了嘴巴，胸口也劇烈起伏，好像吸不到空氣似的，發出難受的嘶咽聲。

「老公……」白流星抱著安穆程，什麼急救知識統統被他拋到腦後，他此時只有一個念頭，就是不能失去這個人，「我要怎麼辦啊……老公！」

救護車來了。

救護人員穿著全套防護服，將安穆程送上救護車，白流星也隨車同行，他坐在駕駛座旁，一路上提心吊膽。

由於是疑似確診個案，迎接救護車的急診醫護人員也都穿著防護服，白流星戴著口罩跟在後面，最後被擋在了急診的隔離門外……

＊

一個名牌包像鞭子一樣甩在白流星身上，白流星忍耐著，背脊挺得很直。

「如果不是院長通知我，你是不是連我兒子住院了，都不讓我知道？」

面對婆婆的指責，白流星無言以對。他確實沒有馬上通知安穆程的父母，但安穆程已經不是需要父母監護的青少年了，而他也沒有病危……

「好了，媽，妳不要為難流星。」安穆程坐在病床上注射點滴，臉上顯露出些微疲態，不過他的神智倒是很清楚。

「我已經沒事了，妳可以先回去了。」

「你都被救護車送去急診了，怎麼還會沒事？我怎麼可以回去？啊那個流星，他是怎麼照顧你的？怎麼會把你顧成這樣？」

「……」安穆程嘆了一口氣。

「你怎麼會去吃抑制劑？你好好的一個α為什麼要去吃抑制劑？」

「……」安穆程沒說話，可能是在思考要怎麼回答，白流星卻心虛地移開視線。

檢查結果出爐，安穆程沒有感染病毒，是因為藥物的副作用才會造成黏膜出血。加上出血量異常、情緒緊張導致的過度換氣，結果就是血流到咽喉部位，同時出現嗆到和呼吸困難的症狀。醫生已經替他注射了另一款藥劑，以緩解抑制劑的藥效，並加強止血針的效果。

安穆程如今已經沒有再流鼻血了，白流星也替他擦過臉、換過醫院的病人服，讓他看起來沒有之前那麼狼狽，他也才能平心靜氣地對馬薇莘道：「媽，這是我自己的決定，我跟主治醫生討論過了。這是剛上市的新藥，還在教學醫院做第四期試驗，可能……本來就有一些副作用還沒根除，現在正好可以回報，要不要把藥都回收就有點……那個了……」

「你在做臨床試驗？」

馬薇莘和白流星異口同聲，兩人同時看了對方一眼、又別過頭去。

馬薇莘搖搖頭，她打從心底不理解，「不管是不是新藥，你為什麼要做那種事？你為什麼會需要吃抑制劑呢？」

「這是我自己的決定。」

「我不懂你啊！兒子！你為什麼……要這樣傷害自己呢？」

「我沒有傷害自己，藥的劑量都是醫生開的，這次只是……意外……」安穆程停頓了一下，他其實心裡有數，「抑制劑會影響我主動控制信息素的能力，我一時沒拿捏好，才……」

「……才？」馬薇莘等著安穆程說下去。但安穆程在送醫之前做了什麼——他和白流星在做什麼，他可不想當著母親的面說出口。他的眼神游移，一時之間想不到措辭。

就在這時，彷彿為了解救他似的，白流星站到了馬薇莘面前。

「媽，請妳回去。」

「什麼？」

白流星抬起一雙堅定的眸子，「穆程需要休息，請妳回去。」

「你是在趕我走嗎？」

「妳在這裡完全派不上用場，對患者本身或病情的療養都沒有幫助，甚至還會加重患者的心理負擔。我身為患者家屬，不能容忍這種事發生。」

「我才不能容忍你！」馬薇莘指著白流星破口大罵，「你講那是什麼話？你把我當成什麼人了？你——」她轉向安穆程，口氣軟了幾分，「穆程你看看你娶這什麼老婆？你為什麼要跟這種人在一起？」

「請妳離開！」

「你沒有權力趕我走！」

「我有。」

「哈？」馬薇莘的表情簡直像見到了天底下最荒謬的事，「我是你長輩！」

「醫療法規定，醫療行為當以患者意願為優先。如果患者陷入昏迷或病危、無法表達意願時，法定代理人得以執行患者意願。法定代理人的第一順位就是配偶，我就是安穆程的配偶！我能決定誰要踏進這間病房，誰要給我滾出去！」

「……」馬薇莘還想說些什麼，但她驚呆了。

「這就是法律賦予我的權力！」

「既然大家要撕破臉，那我也不想客氣了！白流星，你曾經墮胎過，那不算殺了一個小生命嗎？你怎麼不看看你違反什麼法律！」

白流星一愣，「妳怎麼……」

「你以為我沒查過你的背景嗎？」早在他們結婚前，馬薇莘就已經把這個沒什麼家世背景的Ω查得清清楚楚，「你以前是怎麼玩的？會玩到要墮胎？我之前是不想提起這種事，讓你難做人。」

「妳……妳違反了個資法……」

「所以，你並不否認？」

「……」

「你知道嗎？」馬薇莘頭一轉，看向安穆程。

安穆程臉色蒼白，病房裡的監控儀器傳來警示的嗶嗶聲，醫護人員立刻趕到安穆程的病床前，替他加重點滴的藥量。一會兒後，安穆程似乎是覺得好一點了，他揮手示意醫護人員離開，自己則喘著粗氣，背靠在病床上。

「穆程，你看清他是個什麼樣的人了吧？他冷酷無情！沒有人性！」

「請妳離開！」那句話出自安穆程嘴裡，他壓抑著聲音。

「媽，妳先回去，拜託了……」

馬薇莘雖然心有不平，但兒子都這麼說了，她只能提起名牌包，離開病房。

白流星走到病床前，慢慢伸出指尖，碰到安穆程的手，「你也覺得我是一個冷酷的人嗎？」

「我知道你愛我。」安穆程握住白流星伸過來的手。「……會痛嗎……很痛嗎？」

「我早就忘了。」

「為什麼不說？」

「……」那是很久以前的事了。「我……沒有……」

安穆程輕輕摩娑著白流星的指尖，白流星卻抽回了手，遮住自己的臉。

「我沒有想到要說……」

「什麼時候的事？」

「我準備司法考試的時候……我們同居了……可能是每天都太興奮了吧？」白流星試圖苦中作樂，雖然那不像他，「我去合法的診所弄得很乾淨。依據優生保健法，懷孕或生產會影響孕者的生理健康或家庭生活的話，是可以經過醫生評估終止懷孕的！」

「流星，我想回家。」

此時，白流星興起一個念頭。他不知道安穆程在想什麼，看著對方茫然的表情，卻無法猜測到他的心意。他不禁想，安穆程也是這樣看待他的嗎？安穆程也會有「不知道他在想什麼」的時候嗎？

「打點滴只是舒緩而已，我想回家好好休息。」

白流星勉強打起精神，點頭應允，「我去叫醫生過來。」

❀

安穆程的狀況沒有糟到要強制住院的程度，因此醫生在確認病人意願和開過藥後，就讓安穆程辦理出院了。回到家，白流星看到滿地殘骸，客廳地板上還有救護人員的鞋印，就不禁嘆了一口氣。

婚後，他幾乎沒有做過家事，因為他太忙了。不過一個家總要有人打理，才能保持整潔，不然家就跟人一樣，久久沒打理就會變得邋遢。

白流星正想蹲下來撿起花瓶碎片的時候，安穆程拉住了他的手臂。

他拿出一疊舊報紙，攤開來鋪在地板上，「明天我一次清，你就別動手了。」看到安穆程又恢復平常的樣子，依然是個把他照顧得無微不至的男人，白流星也沒有理由繼續吵下去，「你……早點休息。」

「我有一件事，要向你坦白。」

安穆程走進一間白流星沒有探索過的房間，白流星先前都忽略它了，他知道那裡有一扇門，卻沒有足夠的動機去打開它，看看門後面有什麼。如今安穆程暫時離開客廳、走進那個房間，白流星也只是透過沒有關上的門扉，窺見了一點點房內的樣貌。

他看到桌子上有幾個色彩斑斕、似乎是模型零件的東西，後面還有一個小木屋的模型……那扇門後面是安穆程製作袖珍模型的工作室。白流星想起來了，以前他是不會進入那個空間的，就像安穆程也不會在他的書房內待太久。

安穆程打開抽屜，拿著一張紙走出來。白流星看著他把那張紙遞給自己，心裡有個不好的預感。「我不知道你知不知道，但是，我覺得不能再瞞著你。」

白流星接過那張紙，首先映入眼簾的是紅色的大印。

「對不起……」安穆程的聲音跟他的手一樣，都在顫抖，「我真的、很抱歉……」

白流星看著紙上列印的黑色字體，記憶如海嘯般襲來。紙張飄落地面，他雙手摀住了自己的臉。

「流星！」安穆程扶著白流星，讓他坐在沙發上。

白流星想起夢中的情景。自己追著小女孩小慕，一路追到懸崖邊。他看到自己腳下的血跡，好像是一路踩著血過來的，還聽到小女孩在懸崖底下的呼喊。

他想起自己被送醫前，在開庭。

他好不容易用組織犯罪與洗錢的罪名，將A起訴。第一審開庭的時候，不知道是連日的操勞還是病毒的關係，他特別心不在焉。

『檢察官！』

『白流星檢察官！』法官叫了好幾次，連書記官和坐在自己旁邊的事務官，都悄悄打了暗號，他才從席位上起身。他先是愣了一下，覺得自己的靈魂好像跑到另一個世界去了，腦中變得一片空白。

其實那個時候就該感覺到了，自己的身體狀況有異，但他沒有優先關心自己的身體，而是拿起詰問用的書面檔案夾，走出席位，走向那遙遠的被告席……

『檢察官！』

『啊啊啊！』發出尖叫聲的是書記官。

書記官嚇得從位子上跳起來，白流星這才回頭，看到自己經過的地板上，拖著血鞋印。他低頭一看，血正在從自己的褲管內流出來，流到鞋子上了，還被他踩到。

他的腦中還是一片空白……

接著，他就昏倒了。

『白檢，你冷靜一點，你現在如果又怎麼了，沒有人敢負責……』

白流星想起李賢達瞄過他腹部的眼神，雖然只是匆匆一瞥，但一般人怎麼會去看那種地方？李賢達的用詞也很奇怪，為什麼會說「負責」？一般如果只是生病，比如感染到變種病毒，會說要找誰負責嗎？

可是，如果他是孕夫或曾經是孕夫，就不一樣了。

當今社會對孕者的禮讓，多半建立在害怕出事的前提下。從大眾運輸到走在街上，如果害孕者摔倒、導致流產，最後他要告你，那就很麻煩了。李賢達大概也是這麼想的。

……流產。

飄落在地板上的，是醫院的診斷證明。

原來夢裡開花的麥穗和梅菲斯撿到的嬰兒，都意有所指嗎？

原來安穆程是怕他難過，才說「都過去了」嗎？

白流星那時都不知道自己的肚子裡，曾經有一個小小生命。雖然他腦袋裡亂糟糟的，但他分得出來，這不是忘記了，而是「不知情」。他沒有察覺到發情期有沒有來，因為他長期服用抑制劑，已經吃了很多年了。

ＭＳ藥廠研發的自費抑制劑效果很好、不會有副作用，讓他吃了之後就與β無異，即使是在發情期期間，也不會有症狀……所以他已經很久沒有去注意發情期的週期了。

「流星。」安穆程跪在白流星面前。他的眼眶泛紅，望著白流星的眼神裡充滿了不捨與溫柔，「你為什麼要趕走它呢？」

他的手掌貼在白流星的腹部，「你覺得那時候的我還沒辦法負責嗎？」

那是三、四年前的事了吧？也沒有人提起，白流星早就將其埋藏在記憶深處了。

「對不起，對不起，我竟然這麼沒用，對不起……」安穆程跪在白流星腳邊，像在祈禱似地緊握著他的手，「讓你一個人承擔對不起……你會生我的氣嗎？你在生氣嗎？」

白流星像尊冷漠的石像，面無表情，眼無焦距，那更刺痛了安穆程的心。

「我媽居然把這種事搬出來，她太過分了……對不起，流星，對不起……我不知道她會做到這種程度，我不知道……對不起……」

「……」白流星心裡只覺得好笑。

婆婆想要挑撥離間，想要藉由貶低他人來抬高自己的價值，但她卻忽視了一個早就擺在眼前的證據。她始終不願意承認這個事實。

標記。

他很早以前就被安穆程標記了，他從他們認識到現在，一直都只有安穆程這個男人。婆婆想要貶低他，最後傷到的卻是自己的兒子——是比他還要難過的安穆程。

白流星伸出手，輕輕抬起安穆程的臉。他看到安穆程淚流滿面，自己卻眼角乾澀，只能露出一個苦澀的笑。他不知道那算不算笑容，但他臉部的肌肉抽動，為他拉開一個宛如小丑般的微笑。

「流星？」安穆程疑惑地眨了眨眼，不懂白流星在想什麼。

「我不會讓任何人阻擋我！」

因為這是一個強調想要成功、就必須要努力的時代。他這麼多年來都努力地跑啊跑的，他不允許自己在這時候——在任何時候，停下來。

「那是我自己的決定，與你沒有關係！」

「……」安穆程先是露出迷惘的眼神，然後，他想通了。

其實他一直都知道的，白流星有著比α還要堅定的意志力。為了達到目標，他可以把很多東西都割捨掉，包括一般人覺得很重要的情感。那不是一般的Ω會做的事，因為情感一直都是與Ω聯繫在一起的。

Ω多半柔情似水，但白流星是海上的暴風雨，他就是海妖女神，會把痴情的水手和裝滿財寶的船隻都拆吃入腹。他的行為會遭人非議，他不會被人理解。然而海水不會乾涸，海潮不曾退卻，他會勇往直前。

那樣的他，是最迷人的。

白流星抹去安穆程的眼淚，對著安穆程微笑。他的笑容變得沒那麼難看了，「我沒有生你的氣，是你在生我的氣吧？」

安穆程點了點頭，「跟你在一起卻沒有察覺到你的異樣，是我不好。但是……如果你都不說的話，那我不是連眼淚都沒辦法為你流了嗎？」

白流星不認為自己是不會哭的，他終究不是個機器。

「如果一定要有人為這種事流淚的話，那就由你來吧……」

他彎下腰，主動親吻安穆程的唇。安穆程一愣，很快也閉上眼睛。

——因為我把眼淚都流在了心裡。

你想要住在我心裡，那就由你來吧……

尾聲

「啊……哈啊……啊……」

白流星雙手扶著淋浴間的灰色牆壁，一下仰起頭大口喘氣，一下又把頭低下去，汗水和蒸汽沿著他的背脊曲線，像滑過一個玲瓏的階梯。快感自兩腿之間擴散，幾次都險些讓他快站不住了。

「啊……啊啊……」為什麼……對那邊那麼執著……

他面向牆壁站著，腰向後拱起，臀瓣自然分開，男人的口舌在他的蜜穴間馳騁，舌尖伸進了平常不會放進去的地方，那讓他除了呻吟和呼吸，沒有辦法再做任何事情。

快感令人沉醉，刺激不同以往，白流星的胸口劇烈起伏，呻吟宛如綿延的喘息，在浴室裡被放大回音。他的腳指忍不住想要蜷縮，腿也被男人的大手扶住了，防止他滑倒。男人的手從他的胯下往前伸，握住他的性器。

「啊啊……不要再舔了！我快要射了……」

安穆程的手只是握住他的陰莖，沒有擼動，也沒有堵住鈴口，那到底是想讓他先射一次，還是不想讓他那麼快解放，白流星有點搞不清楚了。可那畢竟是個很敏感的地方，只是被對方握在手裡，就讓他想扭動身體。

「唔……嗯……」

安穆程雖然沒有撫慰那已經抬頭的分身，但他的動作沒有停下來。白流星不禁想，安穆程的個性好像就是這個樣子，他無微不至，前戲總是細膩綿長。

前戲的目的不是為了插進去，而這也是他想做的事情，那就讓他做吧……自己只是他嘴上的一塊肉，他想用什麼方式吃都可以……

「啊啊……啊……」

白流星還是忍不住發出呻吟，收縮的感覺變得更加劇烈。他的腳跟蹌地動了一下，安穆程立刻一手抱住他的腰，握住他陰莖的那隻手也改為按住他的下腹，讓他像套著安全繩索似的，把他整個人的下半身牢牢固定住。

「啊……」安穆程抱得太緊了，白流星沒有扭腰的空間，動彈不得，只能被動承接對方給予的刺激。他雙手貼著牆壁，額頭也靠在牆上，沒辦法再承受這樣的「好意」了……

「你……你要插進來嗎？要就……快點……啊啊……」

占有，白流星可以感覺到那是一種占有。是用手、用嘴來體驗的。

把他的陰莖握在手裡，把他的蜜穴舔得柔軟溼潤。

他有好幾次都忍不住瑟縮身體，彷彿要把碰到他穴口的東西當成α的陽具來吞嚥，但又可以感覺到那是不一樣的。

外圍被刺激了，可裡面仍舊空虛。有東西在探進來，它很熱、也有一定的長度，但它沒辦法伸到最裡面，沒辦法伸到Ω的生殖腔，那最想要被填滿的地方……

他們很久沒做愛了，在不是發情期的時候做愛，感受特別鮮明，記憶也……比以往都還要清晰。

「好了，夠了……」白流星把手伸到後面，推開安穆程的頭，「你到底想幹嘛，為什麼一直……一直舔那裡？」

「其他地方也要我舔一下嗎？」

「好了啦……」白流星的聲音宛如撒嬌的貓，「快點插進來……」

「好久沒聽到你這麼說了。」安穆程站起來，從淋浴間的壁龕內拿出保險套。「有點感動呢……」

「又在說什麼廢話！」

「這很重要啊。」安穆程雙手抱著白流星的腰，全身都貼到了白流星的背後，「你難道不覺得，你很愛我、你想要我，這是需要經常說出口的話嗎？」

「……」白流星沒想那麼多。

「很多時候我都不知道你在想什麼，就算跟你結合、在一起了，可是如果你的心離我很遠，我有一天一定還是會崩潰的。」

「我很不安，流星。我是一個比Ω還要容易沒有安全感的α，即使如此，你也會愛我嗎？」

「……都已經插進來了還講這些……」白流星心底升起一絲絲不快，這時候不趕快把他操到升天就算了，安穆程還有辦法把事情搞得都像是他的錯。

他嘆了一口氣，這已經不是一天兩天的事了，他們在一起這麼久，他氣著氣著，也就算了。

「你要做就快點，不要廢話！」白流星扭頭蹭著安穆程的臉頰。

其實他喜歡這種耳鬢廝磨的感覺，也喜歡安穆程對他的渴望，而且這股渴望必須一遍又一遍地反覆確認，不然提早放棄、離開的人，可能會是他。

「……你不是一直都知道，我愛你嗎？從學長到穆程……你不是一直都知道我的心意嗎？你不是……比我還要了解我自己嗎？我把『白流星』都交給你了，因為我可能比你還要不了解他……」

「嗯。」安穆程輕輕應了一聲，但他沉重的呼吸和強忍住的哽咽，還是洩漏在了白流星的頸邊。

陽物緩緩挺進，以熟悉的規律開始動著。白流星仰頭發出嘆息似的呻吟，頭也靠在安穆程的肩上。那感覺說慢，但沒有慢到讓人焦躁難耐，說快，也沒有快到讓他像失去理智般尖叫。硬要形容的話，應該是安心。

白流星覺得自己好像回到了「原位」，這才是最適合他的位置，是和α待在一起的時候，專屬於Ω的姿勢。

安穆程一邊親吻白流星的脖子，在上面盡情留下吻痕，白流星則閉上眼睛，感受快感充斥全身。身後彷彿有一個火熱的源頭，緊緊將他嵌住，他卻心甘情願地融化在火裡，讓自己化做一灘水。

安穆程抱著白流星，雙手抓著他的胸膛，沒有到留下指痕的地步，因為安穆程會細心修剪自己的指甲。一點點紅痕還是有的，但白流星不介意。安穆程的手掌揉捏著他的胸部，粉色的乳頭慢慢挺立。

白流星張開一雙迷濛的眼睛，他回頭和安穆程接吻。安穆程吻著他的唇、吻著他的後頸，但這還不夠。

安穆程先暫時抽出來，將白流星轉過來面對他，白流星也十分有默契地將兩條手臂擺在安穆程肩上。他摟著對方的脖子，在安穆程抬起他的右腿時，踮起左腳腳尖。

「啊啊啊⋯⋯啊啊——啊——」

陽物重新埋回體內，也找到了最適合自己的位置。兩人互相擁抱，配合著對方擺動，彷彿那就是生命的律動，是海浪拍打的頻率。

安穆程雙手抬起白流星的腿，用力衝刺，白流星也抱緊了安穆程的身體，兩人貼合著、沒有空隙。

最後，他靠在安穆程身上高潮。

「啊啊……哈啊啊！」白流星仍緊緊抱著安穆程，不然自己就會掉下去。他可以感覺到陽物從自己體內滑出，安穆程慢慢把他的腿放下來，讓他能踩在地板上。

「你沒有射在裡面？」白流星這才看到那被他淫水淋溼的陽物，穿著小雨衣。

安穆程把套子拔下來，綁好丟掉，「我不會做你不喜歡的事。」

「我可以吃藥啊。」

「藥吃多了不好。」安穆程親吻白流星的嘴唇，結束這個話題。

⁂

白流星泡在浴缸裡，舒暢與疲勞感同時湧上，他覺得自己快睡著了。

安穆程在幫他洗頭，手指間都是泡沫，指尖輕輕抓著他的頭皮，這好似夢裡的情景，讓白流星瞬間了無睡意。

「穆程。」

「嗯？」

「我昏迷的時候……作了一個好長的夢。」

「什麼夢？」安穆程隨口一問。

「我夢到你了。」

安穆程笑了一下，不過他人在白流星身後，白流星看不見他的表情。白流星不知道安穆程這時候是開心的、還是覺得他很愚蠢。一個夢而已，居然記掛這麼久。

「夢到我什麼？」安穆程的聲音聽起來很輕鬆愜意。

「我其實是夢到一個跟你很像的人，我一開始不知道他是你，是後來才認出來的。」

「你怎麼認出我的？」

「我……」白流星想起那個擁有黑色翅膀的男人……想起梅菲斯。

梅菲斯抬起他的腳、像在膜拜似地親吻他的小腿。梅菲斯坐在床邊、那憂心的眼神。梅菲斯把他按倒在床上，抓著他的腰，用力地插進來……一幕幕畫面悄悄浮現。

白流星心底冒出一些異樣的感覺，但那個感覺很模糊，彷彿剛結出的蜘蛛網，還看不清楚脈絡。他無法描述，或對這感覺提出質疑，因為太虛無縹緲了……最後，他只能任憑那股感覺隨著時間一點一滴過去，逐漸消散。

「流星？」安穆程看白流星突然呆滯，不由得喚了一聲。

「嗯……」異樣的感覺消失了，取而代之的是實感。

他確確實實地體認到自己是誰，以及自己該怎麼做。

他有一個身分叫做「白流星」，白流星有白流星的生活模式和習慣，還有一個對他很好的老公。這是比梅菲斯的世界更美好的現實。

「我想是因為，你一直都在我心裡，所以我到哪裡都會認出你。」

「你不是不相信心嗎？」

白流星轉頭，露出困惑的神情，「我說過那種話嗎？」

「……嗯。」安穆程輕輕應了一聲，不像肯定，但也沒有強烈否定白流星。他仍然施以微笑，過去的事情就讓它過去，無須重提。

⁂

白流星從床上醒來，習慣性地先拿起放在床頭櫃上充電的手機，看到螢幕上顯示著六點二十四分。時間還早，鬧鐘還沒響，但自己不知道為什麼就醒了。白流星也不打算睡回去，他乾脆起身，拿起放在床邊椅子上的披肩，包裹住身體。

白流星穿著拖鞋走出房間，在打開房門的那一剎那，聽到新聞播報的聲音。

『ＭＳ藥廠在昨晚最後一刻遞出了ＥＵＡ[1]的申請，衛福部長樂觀看待。部長向媒體表示，此次疫情是人類百年來最大的危機，需要民間和政府攜手共度難關。』

『ＭＳ藥廠發言人表示，公司自疫情爆發以來就積極研發疫苗，未來ＥＵＡ通過之後，首批二十萬劑的疫苗有望在一個月內提供民眾施打。』

房間的隔音很好，白流星剛剛在房間裡完全沒聽到外面的聲音。他尋著聲音源頭走過去，是安穆程一邊在做早餐，一邊用平板播放網路新聞。

他看到安穆程專注的眼神，明明只是在吐司上面抹花生醬，卻搞得好像在做精密的手工藝。安穆程盯著抹匙和土司，最後收邊，直到抹匙上沒有多餘的醬殘留，他才甘願地把它放下，然後將生菜、醃過的小黃瓜、蛋和煎肉排依序堆疊上去。疊的時候很注重整體大小和邊邊，所以他做出來的三明治總是料多又工整。

白流星現在才知道，原來安穆程是這樣做飯的。

平常趕著上班，他都是被鬧鐘叫醒，醒來後還是會有沒睡飽的感覺，因此他都是拖到

1　EUA：為緊急使用授權（Emergency Use Authorization）的英文縮寫。指政府在緊急公衛情況下（如疫情大流行），經充分評估後授權緊急使用非完全核准的藥品、疫苗或醫療器材。

最後一刻才出房門，彼時安穆程已經把餐點做好了，就等著他享用。而今天不知道為什麼起得比較早，且精神飽滿，可能是放了一段長假，當生活步調都慢下來後，他才發現，原來世界沒有改變。

這個世界不會因為他的缺席而停止運轉，他也沒有自己想像中的重要，重要到不可取代，沒有他事情就做不了。所以，自己幹嘛那麼兢兢業業，恪守著時間呢？這個想法雖然與自己長期以來受到的教育和價值觀不符，但是……他覺得舒服多了。

「你醒啦？」安穆程注意到白流星站在自己面前，雙手抓著絨布披肩，把自己包得像個蠶繭。他讓網路新聞暫停播放，對著白流星微笑。

「你今天起得比較早呢。」他倒了一杯紅茶，放在中島櫃上。

白流星拿起那杯紅茶，喝了一口，甜度依然已經調好了，茶香濃厚。「可能是因為要開始上班了，生理時鐘也調回來了。」

「我煮了鹹粥，早上吃粥可以嗎？中午便當裡已經有蛋了，早上我就不做煎蛋了。」

「嗯。」白流星點點頭，在餐桌前坐下。

其實他並沒有一定要吃什麼，但他想起自己跟安穆程說過，他中午如果吃米飯，下午容易想睡，所以安穆程就把中午要帶的便當換成三明治了。如果中午做的三明治內有放蛋，那他早上就不會做煎蛋吐司。

安穆程舀了兩碗鹹粥，還有一個小碟子盛著涼拌秋葵。安穆程煮的鹹粥會放很多配料，就像如果他做煎蛋吐司的時候，也會在旁邊放很多水果或沙拉。吃他做的餐點一定會有飽足感，而白流星也是早餐一定要吃飽，早上才會有精神的類型。

安穆程也為自己倒了一杯紅茶，在白流星對面坐下。

「你等一下要做什麼？」白流星問。

「嗯？」安穆程露出不解的神情。

「你不是說我都不問你，平常會做什麼嗎？」

安穆程笑了一下，似乎早就不把這件事放在心上了。「看情況吧……其實我有點想睡回籠覺。」

白流星也笑了，似是感到有些意外。一個沒有七早八早就趕去上班的α，不符合社會的期待。他們如果沒有展現出永遠都不會累的樣子，好像就不夠堅強。但白流星也意識到，當自己這麼想的同時，也是在為α貼上標籤。

「然後呢？你不會睡一整天吧？」

安穆程邊吃邊搖頭，「我應該會去買東西，採購一些日常用品。」

「喔。」

「有時候我也會用網購的方式採買，因為實在是懶得出門……」安穆程說罷，自己都不好意思地笑了。

「你有打算買什麼嗎？我都不知道家裡缺什麼。」衛生紙、洗髮精、沐浴乳永遠都是備齊的，白流星不曾為這些傷腦筋過。

「嗯……」安穆程邊吃邊想，「除霉的好像快用完了。」

「那是什麼？」

「浴室和廚房的水槽邊邊，用過之後如果沒有把水擦乾，很容易就會發霉，那種黑黑的霉菌會卡在裡面。但是用那個噴過之後，再用水沖，霉菌就可以很輕易地被沖掉。」

「這樣啊……」白流星沒有自己清過霉菌，不是霉菌不會出現，而是有人代勞。

「啊——還有，我有一個朋友很會投資，我有時候會跟他的單。」

白流星無奈搖頭，「你還在做那些投機的事？」

「賺一點買菜錢嘛，網購也是要運費的。」

「……」

兩人都笑了。

✻

出門之前，白流星對著玄關的鏡子調整領帶，他眼裡映照著一個身穿三件式西裝，頭髮梳得一絲不苟的男人。男人的眼神算不上冷漠，但也沒有對新鮮事物的好奇心，平靜地宛如一灘死水。

安穆程提著裝午餐的提袋，來到玄關。

「我可以請假的，」白流星轉頭，望向安穆程，「你想要我留下來嗎？」

白流星把病假休完了，他和安穆程度過了荒唐又愉快的幾天，現在要回去上班了，但他還有不給薪的年假可以休。

安穆程搖頭，「我知道那是你想做的事。」

白流星接過提袋，看到安穆程臉上露出微笑。

「路上小心。」

「……」

那一瞬間，白流星心裡揚起異樣的感覺。

在夢裡，曾經也有人對他說過同樣的話……

不，不一樣，是他站在另一邊，對著要出門的男人說「路上小心」。

那個男人曾經強硬地把他……

白流星突然想起一段破碎的畫面，是真實發生的，那並非夢境中的異世界情景。

他被一個男人壓在玄關地板上，那人用可憐卻真切的目光懇求他，粗喘的氣息裡都是濃郁的梔子花香。火燙的感覺在他身體裡推進，自己在信息素的威逼下屈服，發出黏膩的叫喊。

他打了那個男人一巴掌。自己曾用信息素誘惑過對方，但輪到對方的時候，換來的卻是一巴掌。他絕望地吻上男人的唇，嘗到眼淚的鹹味，他不知道那是自己的還是對方的，但心碎的感覺就如鏡子破裂。縱使它仍可以映出鏡像，但每次照鏡子的時候，就會看到那道裂痕，猶如一個不會消失的傷疤。

兩人度過好幾個失眠的夜晚，度日如年。安穆程則開始服用α的信息素抑制劑。他看到了，藥袋就放在飲水機旁邊，但他從來沒有想要過問。

他想起他們曾經有過的對話……

『你回來了……我知道你很累了，但是……我們可以聊一下嗎？』

『你想說什麼？』

『流星，我們可以生個小孩嗎？』

『你瘋了嗎？』他露出輕蔑的表情，冷笑道：『你講話有沒有經過大腦？我很忙！我很累！你不體諒我，讓我無後顧之憂就算了，還拿那種事來煩我？我是你生孩子的機器嗎？我是專門為你製造α的工具嗎？』

『我沒有那樣說……』

『你為什麼就不能體諒我？』

『我沒有……但我同樣也需要你！你有顧慮過我嗎？有在重視我的心情嗎？』

『我為什麼要重視你的心情？』

『因為我是你老公！』

『那我們離婚好了。』

『為什麼……你什麼要講離婚呢？流星，那種話不是能隨隨便便掛在嘴邊的！你知道那種話會讓我很傷心嗎？』

『只是想要小孩的話，你不會去跟別人生嗎？』

『你是認真的嗎？』

『你去啊——！』

火苗引發成大火，吵架永遠只是情緒上的宣洩，不會得出一個理性的結論。大火將會把一個家燒得面目全非，在這個家裡的人也會被燒得體無完膚，痛苦不堪。在死皮剝落下來、新生的皮膚長出來之前，任何一點風吹草動，都是折磨。

「怎麼了，為什麼要這樣看著我？」安穆程面帶微笑。他的笑容之燦爛，讓白流星回憶起了婚禮當天……安穆程好像也是這樣笑著的。

婚禮那天，安穆程曾經說過，享受燈光打在你身上的樣子就好了。那時白流星站在舞臺上，眩目的白光打下來，他發現自己其實是看不到賓客的臉的。

他不認識那些人，卻總是覺得那些人會在背地裡對他品頭論足。他知道安穆程的家人不想給他好臉色，他知道他們看不起他、很多人都看不起他！而他也沒有邀請自己的阿姨、姨丈一家，是他自己與他們斷了聯繫，婚禮上來的才全都是安穆程家族認識的人。

通往舞臺的紅毯就像荊棘之路。他沒有長輩可以挽著手、把他送到盡頭，只能獨自一人走著，就像他這一路上都是獨自一人。不過紅毯盡頭就是安穆程，安穆程用溫柔的微笑和溫暖的眼神等待著他，並迫不及待地伸出手來迎接他。

兩人站在舞臺上，司儀說了什麼，白流星已經記不得了。但他記得當燈光打下來的時候，他眼前只有安穆程。他看不到賓客，也就看不到他們是否還在品頭論足，是否對他冷眼相望。

安穆程彷彿成為指引他的明燈，如果他不相信、倚靠這個男人的話，他就有如在黑暗中前行，不知道自己下一步是否會落入萬丈深淵。

婚姻好像就是這個樣子。

他必須看到安穆程的臉，必須專注在這個人身上……其他什麼都不重要了。於是，白流星閉上眼睛，獻上自己的吻。

此刻，他的記憶才算全部歸位。他仍選擇親吻安穆程，就像在那個夜裡，他選擇在絕望中抱著安穆程，木然地任憑安穆程一邊說著抱歉，一邊痛哭失聲。

玄關鏡子裡，映出一對感情很好的夫夫。一個人送另一個人去上班，要出門的那個人不忘給對方一個吻，但箇中滋味，如人飲水。

很多時候，很多事就只能留在心裡面了。

✻

「白檢好！」

白流星走進第二辦公大樓，警衛向他打招呼，他也點了下頭禮貌回應。

乘上電梯，來到檢察官辦公室，白流星是最早到的。不一會兒，事務官李賢達和程玫婷都來了。程玫婷已經康復，而「新人」還沒到。

白流星不跟同事們寒暄就直接開始辦公，李賢達和程玫婷都見怪不怪了。等一下要開晨會，主任檢察官會發派新的案件過來。在開晨會之前，白流星要把握時間準備向主任報告的內容，即使還沒結案，但在上級面前怎麼表現也是很重要的。

「白檢！白檢！」突然，吳日宏抱著一個大箱子闖了進來。

「報告白檢，這是要給你的！」

吳日宏把那個箱子放在白流星桌上，讓他有些傻眼。

還沒等到白流星發難，吳日宏就解釋道：「我剛才經過樓下，警衛說有人寄來這個東西，收件人是你，我就幫他搬上來了。欸，白檢，這好像是裝生鮮食品的冷凍箱耶！你是有訂什麼團購嗎？」

「我怎麼會去訂那種東西？」白流星瞪了吳日宏一眼，他對那種事沒興趣。李賢達或程玫婷在傳團購單的時候，也不會傳到他這邊。

「不然……會不會是有人送你的？可能是想感激白檢為他們聲張正義，才寄這麼大箱的禮物給你！」

白流星完全不覺得有那種可能性，他沒有被民眾罵就不錯了。但箱子的托運單上的確印著他的名字和地檢署的地址，單子是電腦打字印上去的，沒有筆跡，也沒有留下送件人的名字和電話。

「會不會是定時炸彈？」李賢達加入戰局，「或許是不服白檢判決的關係人，送來的爆裂物？」

「那是不是要叫拆彈小組？」吳日宏驚訝地摀住嘴巴。

程玫婷白了他們兩眼，「白檢的包裹你們起什麼鬨啦，時間很多喔？」

「白檢，你快點打開來看看！」吳日宏一臉期待，「如果是有人送禮，記得要分給我們喔！」

白流星疑惑歸疑惑，還是得先拆開箱子才能知曉。他拿美工刀割開封裝的膠帶，紙箱裡面還有一個保麗龍箱。他打開保麗龍盒蓋，看到裡面的東西，瞬間倒吸一口涼氣。

那是一個剛出生的嬰兒。雙眼緊閉，小手握拳，臍帶還沒脫落。不知道是睡著了，還是已經沒有生命跡象。

保麗龍箱子裡鋪著寶寶用的紗布巾，底下放著暖暖包。白流星很快摸了一下暖暖包，還是熱的，寶寶也還有脈搏。他立刻打電話叫了救護車。

⁂

「流星！」

安穆程趕到新生兒加護病房，看到白流星坐在外面的長椅上。

白流星看到安穆程來了，一起身，就被安穆程緊緊抱住。

「嚇死我了……我問你要不要回來吃晚餐，你居然跟我說你在醫院……」

白流星可以聽到安穆程的喘氣聲，感受到他真的心急如焚。

「現在是怎麼回事？為什麼要叫我來新生兒科？」

白流星把收到「宅配嬰兒」的事說了一遍。

將嬰兒交給救護人員後，他也開車前往醫院。急診室的醫生只看了一眼，就把嬰兒轉到新生兒加護病房，目前嬰兒的生命跡象已經穩定下來了。

「我把箱子送交化驗了。化驗科的同仁說，除了搬來箱子的新人和警衛，還有為了打開而摸過箱子的我，找不到其他人的指紋。這很奇怪，也表示送件人行事很謹慎。」

「……」安穆程靜靜地聽白流星述說。

「我問過醫生了，他們說寶寶的臍帶應該是用醫療剪刀剪的，像是有醫療能力的人做的。寶寶的健康情況也沒有我們想像中的糟，他肚子裡還有東西。」

「什麼？」安穆程露出驚訝與不解的神情。

「他喝過奶了，肚子是飽的。雖然目前還不清楚他喝的奶裡有沒有被摻東西，但我認為，這不可能是不小心生了孩子、走投無路才棄養的……這一定是有預謀的！而且是針對我！」

「流星……」安穆程摸著白流星的背脊，給予安慰，「不用想這麼多也沒關係的。」

「就是這種時候我才必須要想得多！這絕對是在針對我！如果……如果這背後有犯罪的事實存在，那把孩子寄給我的人，會不會是想叫我揭開真相呢？」

「你有想到可能會是哪些人嗎？」

白流星早就問過自己好多遍了，「……我處理過很多跟Ω有關的案件，大部分的人都會選擇把孩子拿掉或送到安置機構，但是……」

但是他沒有遇過，直接把孩子送上門的。

安穆程摸著白流星的背，摸著摸著，他將白流星擁入懷裡。白流星靠在安穆程肩上用力呼吸，即使他聞不到信息素的味道……

安穆程持續拍著他的背，給予安慰，猶如他的精神支柱，那讓白流星安心許多。

「穆程，你知道我辦這些案件，最常遇到的結局是什麼嗎？」

「是什麼？」

「不是伸張正義，是和解！」白流星抱著安穆程，忍住想要大吼的衝動，「這會不會是報應？」

「你想多了。」安穆程將白流星的髮絲撥到耳後，柔聲道：「你說寄件人寫著你和地檢署的地址，可那不是網路上都查得到嗎？」

「……」白流星一愣。地檢署的地址是公開的，畢竟是公家機關，會有民眾洽公。至於他的名字……他曾經上過新聞，T市首位Ω檢察官，在搜尋引擎都找得到。

「或許，寄件人真的跟你、或是你偵辦過的案件有關，可是既然孩子的健康情況良好，那你怎麼不往另一個方面想想看呢？」

「哪個方面？」

「也許對方是希望你能好好照顧他。」

「……」白流星倒是沒想過這點。他自認沒辦法像安穆程那樣，凡事都積極正向地思考。

「我可以看一下寶寶嗎？」

「呃……我不知道……應該要先問問醫生？」

安穆程很快就去問了，得到了允許，同時也動用個人關係得到了一間探視室。護理師把寶寶推過來，把寶寶抱起來、交到安穆程手上後就離開了，把空間留給他們。

安穆程的神情如獲至寶，他打從心底感到喜悅，「流星，你看，他好小。」

「……」白流星不懂這有什麼好高興的，不過安穆程的笑容感染了他，讓他也跟著彎起嘴角。

安穆程抱寶寶的姿勢很正確，他知道不能搖晃，要護著寶寶的頭和脖子。他把寶寶貼近自己的身體，用體溫和心跳給予寶寶安全感。

「你要試試看嗎？」

「我？我不行吧……」

「你去那邊坐著。」安穆程用眼神一指。探視室為了方便餵奶，因此備有沙發。

白流星坐在沙發上，安穆程又看向他的前胸，還是不滿意。

「把你的領帶拿下來，扣子解開，讓寶寶可以貼在你胸前。」

「不用做到那種程度吧？」

「這叫袋鼠式護理，能促進寶寶生命跡象的穩定度，這是有科學根據的。雙親也可以對寶寶散發信息素，寶寶聞到後就會把那味道記憶下來，以後他聞到雙親的信息素，就會很安心。」

「原來……還有這樣……」

白流星乖乖脫下西裝和背心，解下領帶、打開襯衫鈕扣，他現在知道安穆程弄來一間探視室的用意了。他乾脆把襯衫鈕扣全部打開，讓胸膛到肚皮的皮膚都露出來。

白流星在沙發上用微躺下的姿勢坐好。他準備好了，安穆程就把寶寶抱到他胸前。他仍扶著寶寶的頭頸和背部、臀部，讓白流星不用怕失手、使寶寶掉下去。

感受到一個小小重重的東西壓在自己胸前，白流星不知道那能不能被稱做生命的重擔。他也扶住寶寶的背和臀部，安穆程才逐漸抽手。

「怎麼樣？可愛吧？」安穆程坐在白流星身邊，和白流星一起扶著寶寶的背。

「真的好小。」

「流星，我在想……如果孩子的父母一直都沒有出現，他接下來就只能被送到安養機構的話，那還不如……由我們來收養他。」

「……」白流星張了張嘴，卻不知道要說什麼。同時害怕即使只是發出一聲驚呼，也會吵到寶寶。

「我想收養他。」安穆程望著白流星。從那眼神裡，白流星感受到了懇求。

安穆程沒有再說「好不好」、「要不要」，他直接表達出自己的要求，這儼然是他最大的讓步。

「我會把他當成你跟我的孩子，我會愛他——不，他就是我的孩子！」

「……你或許可以，可是我不知道該怎麼養育他。」

「我們可以一起學！沒有人一生下來就知道要怎麼成為一個好的父母，都是當上了之後才開始學習的！」

「不是那個……我的意思是……我聞不到信息素啊！」

「啊？」安穆程愣了一下，感到不解。

「穆程，我到現在還是聞不到你的信息素，也沒辦法聞到我自己的。既然聞不到，我也就不知道我到底有沒有在散發信息素，那我要怎麼照顧寶寶呢？」

「……」

還好你聞不到。

安穆程臉上不動聲色。他摟住白流星的肩膀，把他和寶寶一起抱住。白流星雖然有些疑惑，但他只把這當作是安穆程安慰他的方式。

「沒事的。」安穆程的聲音低沉又有點沙啞，略帶著哽咽。

只有他自己知道，那是幾近狂喜的激動！

——還好你聞不到，所以你沒有發現……

——你沒有發現真是太好了……

他壓抑著內心的激動，知道自己聲音和語調帶有一點掩飾不了的急切，但他會讓那聽起來像是一個善良的人在為孤兒著想，以及一個喜獲麟兒的父親對未來的期盼。

所以，安穆程可以肯定，白流星不會懷疑的。

「沒事的，流星，不用想得那麼複雜，我們怎麼對待寶寶，比有沒有信息素還重要！」

「我看新聞上說，最近有很多像我一樣的案例，都是在康復後聞不到信息素的。」白流星皺著眉頭，不過他希望自己這沉重的心情不會影響到寶寶。「這已經是一種後遺症了，但是目前還沒有人研究證實，不知道這到底是暫時的，還是會持續一輩子。」

「流星，你想聞到信息素嗎？」

「……我不知道。」他老實說，「我真的不知道。以前，能聞到信息素這件事讓我感到很困擾，可是現在……」

如果是α或Ω的孩子，那他只要聞到父母的信息素，就會產生安心感，效果不亞於袋鼠式護理。如果是β的孩子，就沒有聞不聞得到的問題了，因為β一律都是聞不到的。但是β也有可能生出α或Ω的孩子，這還得看雙親的基因。

這麼小的孩子是看不出第二性別的，白流星不能排除寶寶有可能是α或Ω。如果寶寶是α或Ω，那他成長的過程中就需要雙親的信息素。需要，但不是必要，有固然很好，就算沒有，他也可以長大。

「我倒是一點都不擔心。」安穆程凝視著白流星，語氣緩慢而溫柔，「信息素沒辦法塑型一個人。我們怎麼對待他，這才會影響他未來的人格發展。」

「……」

「沒事的，有我在，我會給他最好的。你知道我一直都很想要小孩，現在我們終於如願了。我會在家帶孩子，不會煩你的。」

「……」白流星想到自己偵辦過的案件。那些總是被安穆程媽媽說是中下階層的Ω，他們如果生下了預料之外的孩子，那就只有丟棄或送到福利機構一途，那些地方加起來都比不上安穆程一個人能提供的資源。安穆程也那麼想要小孩……

「嗯。」白流星點了點頭，露出放心卻略帶疲憊的微笑。

安穆程如釋重負，他感激地望著白流星，腦中卻回想起幾天前——

『大哥！你一定要幫我，白流星咬著我不放，現在他醒了一定會想辦法針對我的！』

『……你就和解吧！』

『大哥，你知道和解代表什麼意思嗎？代表我有侵犯他！但這從一開始不就是交易嗎？我為什麼要承認我沒有做過的事？』

『你那無謂的自尊心不會帶來半分好處。』

『這跟我們當初說好的不一樣！』

男人在電話裡越說越激動，安穆程卻露出不耐煩的神色。

『是你做事不乾淨，事後還跟人家糾纏，害得人家反咬你一口。我虧欠你了嗎？』

『是你讓那個Ω逃走的！大哥，你不派人把那個Ω處理掉，還叫我和解？如果我把你供出來的話——』

『你敢那麼做的話，那就是大家一起去死。你不要忘了，在同一條船上的不是只有你跟我，還有很多大人物。我充其量不過是一個提供解法的人。』

受到信息素控制的Ω、致幻的藥物。藥物能抑制發情期的症狀，就能反過來誘發發情期。

在發情狀態下的Ω，以及需要這些Ω的α——有很多。多到超乎世人的想像。

菁英α為了維持名面上的榮光，會選擇和α結婚，但是α和α的結合會導致生育率大幅下降。或者像安穆程這樣——另一半「因故」無法生育。

把這些人集合起來，「集團」就出現了。

『我的孩子就要出生了。』

『恭喜你，大哥……』

『所以，你就和解吧，我會想辦法讓事情落幕的。』安穆程掛斷電話。

探視室內，安穆程回憶起所謂的緊急董事會，討論的不是EUA如何申請、疫苗怎麼出貨、跟政府合約要簽多少數字，而是——誰能先接種？

首批二十萬劑是絕對不夠成千上萬的民眾施打的。菁英α們有自己的名單，每個人都想在名單裡多加幾個名字。

只有他知道，再過不久，疫苗就會送進地檢署，來到檢察長的辦公室。然後某天早上，停車場附近的監視器畫面就會無故刪除，「新人」吳日宏會將一個大箱子抱進白流星的辦公室裡。而白流星會打開那個箱子，因為吳日宏會讓他「趕快打開」，以免嬰兒在裡面出事。

——我只是想要奪回本就該屬於我的東西。

——我們是菁英α，我們統治世界。不管這個世界一開始是不是由Ω統治的，但你們已經輸了。你們已經被α壓在身下，必須接納我們的種子，為我們孕育子嗣……

「穆程，我還要抱多久啊？」

寶寶的頭動來動去，嘴巴像是想吸吮東西，一張一闔，白流星不知道該怎麼應對。

「我來吧。」安穆程小心翼翼地接過寶寶。他將寶寶放在自己胸前，寶寶很快就又睡著了。

「你好厲害。」白流星自認沒辦法這樣哄寶寶。一樣都是男人的胸膛，安穆程的卻好像有什麼魔力。

「我特地去學的，網路上有很多影片可以參考，這些都不難。」

白流星看到寶寶熟睡的樣子，不禁羨慕起寶寶了。他把頭靠在安穆程肩上，為安穆程增加一分重擔，但安穆程仍然笑得很幸福。

安穆程低頭吸了一口寶寶的味道……

「嗯？有味道嗎？」白流星也湊近聞。

「有小嬰兒的奶香味。」

「我還是什麼都聞不到。」白流星露出失望的表情。

「沒關係。」安穆程柔聲低語，背後卻像揚起了黑色羽翼，「沒關係的，流星，沒事。」

沒有人聞到，這孩子身上有若隱若現的梔子花香，就跟安穆程的信息素味道一模一樣。

安穆程不僅笑得很幸福，他的微笑還越發燦爛，就像當時在婚禮上那樣。

——《困在惡魔α的香氣裡》全文完

後記

各位讀者好～謝謝你看到這裡。這是我的第五十四本小說，終於跨過了五十大關，希望有機會可以邁向一百本！（自己給自己一個鼓勵！）

謝謝朧月出版社的各位同仁和繪師Gene老師。這是一部非常特殊的題材，從上集的奇幻異世界到下集的現實病毒愛情考驗，我們都跨過去了，請給自己一個掌聲，還有看到這裡、支持我的讀者，你們是最棒的！

我在朧月連續出版了兩部作品，都是比較特殊的題材。一部是《愛情有賺有賠》，一部就是這本《困在惡魔α的香氣裡》。其實這兩部的靈感，都來自於從二〇一九年年末到二〇二二年的疫情。現在回想起來真的很不可思議，我們撐過去了，人類撐過去了，很多恐怖的事情沒有發生，但世界上依然還有其他可怕的事情正在發酵。

《愛情有賺有賠》裡面的資金行情、股市飆漲，其靈感源於現實世界——對，真實世界裡真的發生過類似的事，還是在這人人自危的疫情期間，只能說真的很奇妙。當然，在現實裡，之後有通貨膨脹、聯準會升息等等因素，導致股市不再那麼狂熱，這又是另一個故事了。

在《愛情有賺有賠》裡，我沒有把股市狂熱的原因寫得跟現實世界太貼近，而是虛構出一個經濟學理由。一方面是這個題材有點敏感，另一方面是主軸還是要放在主角們的感情線上，所以故事背景的比例就會降低。

在《困在惡魔α的香氣裡》我就直接寫出「疫情」兩個字了，但我不想從一個大世界觀的方式來講故事，也不想寫陰謀論或恐怖故事，而是把焦點放在這個環境裡的人身上。他們對於巨變的恐慌、因階級而掌握的情報的不同、生離死別和被這個巨變所擾亂的感情。

表面上是被疫情影響，但實際上他們的感情早就出現一些問題了。是碰到疫情爆發後，才導致他們過去累積的情緒也一次性爆發的，最後呈現出非常戲劇化的故事。我個人非常喜歡這篇故事，因為我在裡面用了很多反轉的手法，歡迎大家來找找線索。

雖然我自己說這篇不是恐怖故事，不過，不知道大家看到後面，有沒有細思極恐的感覺……我說的就是小攻，有這樣的老公在身邊，到底是福還是禍呢？

其實我想要表達的是，相愛容易相處難。小攻、小受都很愛對方，但是他們都不完美。他們在愛對方之餘，也希望自己被愛，沒有人可以在收不到回報的情況下一直付出，想像你不停熱臉貼人家的冷屁股，那情緒上一定很不好受。

他們雖然愛對方，但又更愛自己——因為在愛情的路上不能失去自我，自己還是很重要的。自己的夢想、在乎的人事物、想要前進的方向、甚至前往的方法，這些如果找不到答案，那情緒上也會失衡。

看完有沒有覺得相處好難XD

不過我還是鼓勵大家勇敢追求愛情，因為那真的是一個沒有不會死、但如果在你生命中出現了，會很美好的東西。

此外，我想要講的還有白流星的心情。他對成功有一種焦慮感，是我觀察到、也是我自己切身體會到的。

我自己也活在一個從小大家就告訴我，要努力才會成功的環境。可是，看到很多人的「努力」可能是花了百分之百的力（我們就先不要假設人家不用努力），但我的「努力」卻是要花百分之一百二十。因為我的身體狀況比人家差、資源沒有比別人豐富，我就要付出更多的時間與精力去追上人家的進度。

久而久之，我忘了生命的美好，我對身邊的人事物、還有我自己，都充滿了疑慮、恐懼與焦躁。我也曾對身邊的人說過不好聽的話，但在情緒宣洩過後，我也意識到那有多傷人。

寫這篇後記的當下，疫情算是已經過去了。我知道很多人可能不願舊事重提，反正都已經過去，怎麼面對當下的情況還比較重要，但我認為創作靈感來自於生活，所以，這部作品就當作是過去三年的記錄。

現在走在路上已經不用戴口罩了，也沒有分什麼確診不確診，病毒的症狀也已經減輕，身體不舒服自己去看醫生就好了，不用隔離，大家都可以出國了。

我自己寫上集的時候是沒有確診過的（還一度想說我是不是天選之人），沒想到寫下集就確診了。那時疫情已經快到尾聲，法定居家隔離時間是五天，我就是一直咳嗽、喉嚨痛，後來吃藥就慢慢好了，真是萬幸。不過後來我發現自己只要稍微跑一跑，就很容易喘，不知道是我本來就身體差，還是後遺症。

最後，這個故事裡我最喜歡的一幕，是白流星出門上班前，想起了過去的一切。那一幕其實訊息量很大，也說明了上集的夢境裡，梅菲斯為什麼會那樣對待他。但他即使想起了真相，卻仍舊選擇跟安穆程走下去，我覺得那也是我對生命的另一種詮釋吧！

即使知道這條路不好走，路上會有很多怨言，但還是想要走下去。
謝謝你看到這裡，我們下個故事再見。

子陽
二〇二三年春

高寶書版集團
gobooks.com.tw

FH071

困在惡魔Alpha的香氣裡（下）

作　　者　子陽
繪　　者　Gene
責任編輯　陳凱筠
執行編輯　王念恩
封面設計　林檎
排　　版　彭立瑋
企　　劃　黃子晏

發 行 人　朱凱蕾
出　　版　朧月書版股份有限公司
　　　　　Hazy Moon Publishing Co., Ltd
地　　址　臺北市內湖區洲子街88號3樓
網　　址　www.gobooks.com.tw
電　　話　(02) 27992788
電　　郵　readers@gobooks.com.tw（讀者服務部）
傳　　真　出版部　(02) 27990909　行銷部 (02) 27993088
郵政劃撥　19394552
戶　　名　英屬維京群島商高寶國際有限公司台灣分公司
發　　行　英屬維京群島商高寶國際有限公司台灣分公司
初版日期　2023年6月

國家圖書館出版品預行編目(CIP)資料

困在惡魔Alpha的香氣裡 / 子陽著.-- 初版. -- 臺北市：朧月書版股份有限公司出版：英屬維京群島高寶國際有限公司臺灣分公司發行, 2023.06-
　面；　公分. --

ISBN 978-626-7201-72-5(上冊：平裝). --
ISBN 978-626-7201-73-2(下冊：平裝). --
ISBN 978-626-7201-74-9(全套：平裝)

863.57　　　　112006888